JN084557

曽我文宣

小説

「ああっ、あの女(ひと)は」他

予期せぬできごと、および エッセイ

丸善プラネット

目次

「ああっ、あの女（ひと）は」

I

それは、令和元年、新しい天皇が五月一日に即位され、世の中が新しくスタートをきった一ヶ月半後の六月半ば過ぎのことだった。明治神宮の中の会館で、S小学校の同期会が例年の如く、開かれるという。

古賀健吾は、集合は「午前一〇時半、原宿駅近くの表参道の大鳥居。宴会は一二時、神宮フォレストテラス」というので、よく晴れた日差しの中を朝早くからゆっくりと自宅から歩いて行った。彼の家は、新宿から西方に延びる甲州街道と神宮の中間にあり、神宮の北側の住宅街にある。彼らの卒業したS小学校も神宮のすぐ北側で、自宅からは歩いて一〇分あまり、今では、当時、昭和二九年に卒業した同学年生で、地元に住んでいる友達は、商店を継いだ長男など、ほんの数人しかいない。健吾自身も結婚して長らく埼玉、千葉と転居して、一〇年ほど前に戻ってきたに過ぎなかった。一時は公務員を定年になって、公務員宿舎から出なくてはならなくなったので、千葉にこれがついの住み家と決めて夫婦で数年間マンションの中の一戸を購入して住んでいたのだが、実家を任せていた二歳年下の弟が独身のまま、くも膜下出血で急逝したので、やむを得ず、マンションを売って彼の生家のある土地に戻ったのであった。そして築後六二年にもなりガタガタとなった古い家を壊し、三兄弟の末弟と土地を折半し、一〇〇平方の土地に小さな二階建てを新築した。大阪に住んでいる末弟の土地は未だに空き地である。

健吾は小田急線参宮橋にある神宮西参道入り口から入って、子供時代から慣れ親しんだ緑の木々に囲まれ、よく整備された砂利道を、ゆっくりとかみしめるように、歩いていった。
「窓を開けば、神宮の森の青葉が目に移る　明るく楽しい・・・」という校歌の歌詞を思い出し、なんとなく浮き浮きした気持ちになる。あの頃は神宮は図画の授業で、先生に連れられてみんなで来て、クレヨンで、それぞれ勝手に風景を書いたり、休みの日には大きな池で、するめをえさにザリガニを取ったり、大きな丸い布製の網に長い棒のついている道具で、じーじーと鳴いて樹の幹にしがみついている蝉を捕まえたりした。また大きな垂れ下がった枝にぶら下がり、ぶらぶら揺らして男友達と当時はやっていた映画の『ターザン』の真似をして、「ア、アアー」と叫んで枝から枝へと飛び移ったりしたものだった。今では規制が厳しくなりそんなことは及びもつかず、芝生の原っぱさえ立ち入り禁止のところがあちらこちらにある。

　原宿の大鳥居に着くと、もう十数人の元生徒が集まっていた。皆、昨年には満年齢で喜寿を迎えた年寄りの集まりであった。

　「おお！　来たか、元気か」というような喜びにあふれた言葉を交わす。「いやあ、まあまあだが、去年道路ですっころんで骨を折って入院したよ」、「それはいけないなあ。この歳になると足の踏ん張りがきかないんだよなあ。でももう回復したんだろ」とか、「あいつは来ないのかなあ。いつも来るのに」、「いや、彼は昨年奥さんを亡くしたから、今年は無理だろう」、「ああ、そうだった。それじゃーな。ところで君のところはどうだい」、「いやあ、毎日女房には、怒られてばかりいるよ。あいつはくだらんことばかり心配してなあ」、「でもいいじゃないか。健康であればそれが一番だよ」などとそれぞれ、談笑を繰りかえす。

やがて「ではそろそろ行きますか」という幹事の一人である中沢晴彦の大きな声で、皆は健吾の今来た道を戻り、本殿の南側、神宮内苑に入って行った。昼食宴会の前に、内苑での開花真っ盛りの菖蒲を見物しようというのであった。男が十二、三人、女が五、六人であろうか。内苑の入口に着くと、ここには中沢の息子で神宮の神官を務めている長男が、白い上着と空色の袴姿で迎えに出てきていた。中沢は父が明治神宮の宮司であったし、彼もそのつもりで大学にも進んだのだが、そのうち神官のような堅い職業は自分に合わずとして、卒業後建築会社の営業職に就職して世間を渡ったのだが、息子が一代おいて神官になったのだ。

もう、健吾が子供の頃からなんどとなく訪れた内苑は、多くの人たちで賑わっていて、菖蒲の花は見事に咲き誇っていたが、健吾にとっては、その前にある広い池の睡蓮が見事に咲いているのが目新しかった。皆で写真を撮影しながら、一時間あまり、ぶらりぶらりと歩く。ここ数十年、パワースポットとか宣伝されて有名になった加藤清正の井戸のほうへ多くの人が進むが、健吾たちは子供の時から何度も行っていて単なる湧き水と知っていて別にどうということはないと、そちらには行かず、内苑を出て、本殿の東側にある宴会場であるフォレストテラスに向かい、一〇分後には到着した。

二階の貸し切りの会場では、丸い大きなテーブルが三つ、それぞれ、六、七人が座るようにできていて、中央正面に一段上がった台があり、後ろには金屏風があり、マイクがしつらえてある。

例年いつも司会を務める中沢の進行で、まず、神宮側からということで、彼の息子が挨拶した。その後、乾杯の発声があり、そして、歓談が始まった。午前中には来られなかった友も数人加わり、飲んだり食べたり喋ったり、おのおの勝手にテーブルで相互にいろいろな話に花が咲く。一番遠くは、関西の尼崎から毎年必ず来る、元気で活発な水原順子であった。昔の思い出話や現在の話、もうみんな人生の長期ランナーであるから、話す事はいくらでもあり、わいわいがやがや童心に返って、ときどき大きな笑い声も出て来る。

三〇分ばかり経ってであろうか、そのうち、中沢が手を叩き、「これから皆さんの近況報告をそれぞれ、そうですね、一人五、六分ばかりで、やっていただきます」という。「では最初に何々君」というと、当てられた当事者が前の壇上に出てゆき、それぞれ、好き勝手なことを話す。中学でも高校でも、あるいは大学でもこのような会ではどこでも似ているのだが、小学校の友達が何と言っても一番バラエティーが豊かであって、聞いていて特に楽しい。健吾は中学から男子校だったし、大学は工学部だったので、女性の同級生も混じる同期会というのは小学校だけであった。

まず最初に指名されて「私は、中学を卒業して、父親が早く亡くなり、兄弟が四人もいたので、高校は夜間の定時制に行き、そのあとすぐ就職いたしました。だからむずかしい勉強はしないですみました」などと皆を笑わせながら、藤木信が話をした。彼はその後、社会に出てから奮闘し、自ら事業を起こし、小さな会社の社長になった。また一時期地元の町会長を数年やってもいた。六年三組の元幹事でもあった明るい男で、「まあ、その時は少し地域の為に貢献しようと思ったのですが、町会長というのはなかなか大変でありまして、長い間やっていてそろそろやめようと思いましたが、なかなか次になろうという人が出てこない。それでもなんとか、それを終わらせ、今は人生、少しでも楽しくのんびりと過ごそうと思っています」と話を終えた。

健吾は、自らは、まあまあの堅実な家庭に育ち、父も母も成人するまで元気でいたので、大学にも進み、さらに大学院まで行って、公務員の身で基礎科学の研究者生活を長らく送ったので、藤木のような境遇で、若い時から社会に出て頑張った友達は、本当に偉いものだといつも感心させられる。また健吾も最近は地元の町会長に頼まれて、役員をしているのだが、確かに役員のなり手がない。特に住宅街だとサラリーマン家庭ばかりで、地域に職務上の利害や特に周辺の人たちとの交流はないので、健吾自身も今まで町会の活動などまったく関心がなかったのだが、同じ小学校卒で数歳上の町会長に頼まれたのである。

同期会は、第二次世界大戦が始まる昭和一六年または一七年生まれであるから、父親が戦死した友達が何人もいた。彼らはだいたい高校を卒業して実社会に出て、多種多様な職業についている。あの頃の大学進学率は男なら約一五%、女では、短大を含めてもわずか七%(四年生の大学に進んだのはほんの二、三%くらい)であった。親たちは戦争直後の食うや食わずの生活の中で、懸命に子供たちを育ててくれたのであった。

クラスは、一、二年では二クラスで人数は一クラス四五人くらい、戦争で焼けてしまって校舎は急造の木造建築であったのだが、教室が足りないので、一年生は、午前、午後に分かれての二部授業だった。昭和二〇年代の中頃、戦後の焼け跡に移住してきた人々が増えて、それに従って生徒数が増え、三年生からは三クラスになり、固定されてそれぞれ六年まで生徒は同一の担任の先生に教わった。その恩師達も一人の女性の担任が養護老人ホームに入っていると聞いたが、その他の先生たちは数年前には全て亡くなられている。健吾は三組で同じクラスの子はよく覚えているのだが、別のクラスの子は毎年同期会に出席する子とは親しくなるのだが、めったに来ない子はよくわからないので、こういう時のスピーチで、初めて知る友も少なからずいた。健吾の学年は三クラスなのだが、どういうわけか、いつも一組と三組だけの合同クラス会になっている。二組の幹事にもいままで何回も一緒にやろうよ、というのだが乗ってこない。「どうせ一緒でもクラス別の話になってしまう、われわれは単独でやっているから」と言っているらしい。

一組で、小学生の頃から、優等生で容姿端麗であった、桐田（旧姓津村）成子が次に指名されて話をした。緑のブラウスで紺のスカート、今も若々しかった。「私は、高校を卒業して、商社に就職しましたが、結婚して、上の子供はアメリカ人と結婚して、ずっとアメリカに住んでいまして、この前主人と一緒に、こども夫婦のところに訪ねて行きました。そこには孫が二人いて、……」などと話している。周りの女性が「やっぱりねえ。津村さんは出来が良かったから、お子さんも私たちとは違うのよねえ」などと話しているのが聞こえる。健吾は、あの児童会という高学年クラスの優等生が二人づつ出る学級委員であった彼女が大学に当然行ったと思っていたので、あれっという思いで、吃驚した。親の教育方針で女は家庭に入るのだから高校で十分と考えたのか、あるいは経済的な理由だったのかもしれない。今の時代とは大違いである。

彼女の話が終わって、司会の中沢が「津村さんは私の憧れの人でしたが、同じクラスの大野君も彼女が好きだということがわかり、私は彼女を彼に譲りました。しかし彼は結局ふられたのか、思いを遂げることができなかったようです。あんなことなら譲るべきじゃなかったよ。まったく……。では次は大野登君どうぞ」などと自分も笑いだし、ユーモア満点で、皆が爆笑する。「お前だってふられたよ。あたりまえじゃないか。何を馬鹿な事を言ってるんだ。大好きな奥さんもいるくせに」と野次が飛んだ。頭をかきかき、壇上に上がった大野が「どうも中沢のいうことは、でたらめだから、どうか彼の言うことは信用しないように。でも津村さんは確かに素敵な女性でした、いや、失礼、今も素敵です」などとまず始め、「私は化学会社をやめてから、今は日常生活の道具の発明に凝っていまして、この間も、晴海の展示会場の『発明展』に出品致しました」などと話をした。定年になると、それまで滅私奉公的に勤めていた仕事から解放されて、皆それぞれ自分のやりたいことを思う存分追求する人たちが多くなって、話がますます多岐に亘る。

国立のT大に行って大手の製鉄会社に勤めた江上彰がその後に指名された。「私は、子供は親の背中を見て育つと言われましたので、ずっと背中を見せていましたが、二人の娘がなかなか結婚しない。背中を見せていたのでは何も通じない。三〇過ぎてもなかなか片付かないのでやきもきしていたのですが、漸く二人とも結婚してほっとしました。私自身はもう頭も禿げて、どうにもなりません」などと話している。水原順子が最初小声で「江上君は色白ハンサムで、頭も良かった。それで今も黒髪だったら世の中不平等過ぎる。禿げて当然よ」などと隣りのテーブルで女の子と笑いこけている。

　男は、高校や大学の同期会では半分がネクタイ姿なのだが、この会では、そういう男は一人、二人しかいない。みんな気楽な服装で出て来る。中沢は「次はえーっと、谷口順子さん、というより昔の名前で行った方がわかりやすいかな、これから、女性は全て旧姓でいきます。私も今の名前はよく覚えていない人もいるので。水原順子さん、いいか。笑ってばかりいないで順子、頼んだぞ」と言う。水原は一組で中沢と同じ組である。二人は仲よしで、毎年夏に三組の荒川雅夫の、八ヶ岳の近くの別荘に十人くらいの泊まりがけで行く二泊の旅行にも毎回のように参加している。荒川は同期会には必ずの常連だが、Ｋ大卒のエンジニアで始めは自動車大手の関連会社に勤め、年取ってからはその系列会社の社長にもなった大柄でかつおおらかな性格の男であった。数年前までは、健吾も新宿から二台または三台の自家用車で出掛ける旅行の常連であった。別荘では殆どの料理献立を水原が取りしきって、スーパーで材料を買い、食事を別荘で、男も協力しながら準備する。付近に温泉もあり、男たちは着いた翌日はゴルフ、女の子にもゴルフの大変上手な天野一枝がいるのだが、彼女だけは別にして、他の女の子はゴルフをやらない男の運転で、八ヶ岳の周縁を巡って、ドライブを楽しむ。夜は宴会が終わった後は全員で二組のトランプで「七並べ」をする、十人以上で「七並べ」となると、考えて札を置いても次に廻って来る時は端の一または十三まで届くと反転されるので、情勢が全く変わってしまい、きゃーきゃー言いながらゲームを進めることになる。男どもは、その後囲碁をしたり、麻雀を楽しむ、といった無上に楽しい旅行であった。

水原は「えーっと、私は関西に住んでいますが、皆さんと違って双子の男の子が生れたので、育てる時は大変でした」とまず苦労話をする。そして「私は、ずーっと若い頃から七宝焼きをしていまして、毎年上野の森美術館で展示会をしていますので、興味のある人は是非来て戴いてご覧になってください」と言った。健吾もよく水原が遠く関西から招待券を送ってくれるので、時には美術好きの妻も連れて、秋に何度も行った。そこで彼女は「私は息子が結婚したら、きっと嫁のことが気になって余計なことに口出しする厭な姑になるに決まっているから、そんなことにならないように何か自分が打ちこめるものを持たないといけないと思ってその頃から七宝焼きを始めたの」と言っていた。彼女の作品は素人目にも素晴らしい出来で、昨年は、彼女は三年連続の特賞で、今はその展覧会の役員ともなっているようだ。そんな話を聞いて、健吾は彼女は実践的な生活に対して非常に賢い優秀な女性だと思っていた。

健吾はこのような会では、たいがい小さなコンパクトカメラを持っていく。もうこれがついの別れになるかもしれないと思うと、スナップ写真専門であるが、あちらこちらを撮り、あとでメールで添付して送ると思い出も残り、みんなが喜ぶからである。

三組の幹事である倉澤良が「今の渋谷はオリンピック前ということで、空前の建築ラッシュですが、私は建築会社で仕事をしていました。十年くらい前は『じーじ、じーじ』と寄って来る孫が可愛くて私も親ばかならぬ爺ばかだったのですが、あいつらも大きくなって相手にされなくなりました。昼間はときどきゴルフに行き、夜はだいたい酒をくらっております」と挨拶した。その他、長身の近藤一郎の「私は郵政省に勤めまして、渋谷区でない区で中央郵便局長を何年か勤めたのですが、昨年思いがけず叙勲されました」とか、「私は親父譲りの町工場でズッと勤めまして、数年前から脊椎管狭窄症で足が痛くて痛くて歩行がままならなくなりました」という小柄な三組の会計役でもあった桜田義孝の話が続いた。彼は健吾の代々木の生家の近くにずっと住んでいて、四〇年ぶりに生家に帰ってきた健吾にいろいろ周囲の事情を教えてくれたし、渋谷区のシニアトレーニング教室とか、神宮外苑にあるゴルフ打ちっぱなしの練習場に連れて行ってくれた親切な男だったが、一〇〇歳余りの母上が亡くなったことを契機に二、三年前に家を売って今は町田市に住んでいる。この歳になるとどうしても病気の話が多くなる。「数年前に前立腺がんの治療をしたけれど、今はすっかり元気です」とか、「数年前に自宅で脳梗塞になり倒れたのですが、家内が直ぐに救急車で病院に運んでくれたので、この通り今は半身不随になることもなく、ときどき旅行やゴルフを楽しんでいます」とか、いろいろ話が続いた。

「では、次は古賀健吾君、君は話が長いので特に制限時間は二分半とします。古賀ちゃん、よろしく」という中沢のユーモラスな紹介で健吾は立ち上がった。マイクの前でさてっとしばし考える。「私は大学の講義や講演などで一時間半とか二時間くらい話すのは普通なのですが、中沢君は二分半と言われたので、短く話します」といって簡単に話をした。「今やこの界隈で住んでいる人は、酒屋の小山君ぐらいしかおりません。よく散歩をするのですが、歩くたびに、ああ、ここはＪＴに行った杉山君の家だとか、彼はもう亡くなったんだ、とか、ここはパン屋の杉田和子ちゃんの家だった、もうマンションで、彼女も引っ越ししていない、とか、いろいろ古い事ばかりを思い出します。皆さんは今日帰ったら、我々が住んでいた町なんぞすぐ忘れるでしょうが、ともかく私は毎日のようにセンチメンタル・ジャーニーにふけって生活しています」という話をして、席に戻った。

ついで、中沢が「えーっと、では次は久しぶりで来た、三木君子さん。今は、野本君子さん、よろしくお願いいたします」と言った。すると隣りのテーブルから、白いセーターで鼠色のスラックスをはいた、健吾の見知らぬ女性がゆっくりと歩き、静かに「私は足が悪いので、ここで失礼します」と壇上には登らず、フロアで立って「一組の三木君子です。私は静岡から新幹線で来ました」とうつむきながらもはっきりとした語調で話をした。「私は、幼くして両親を亡くしたものですから、学校を卒業して、早く就職しました。幸い、私のような女と結婚してくれた人がいて、まあ、何と言うのか、たまたま相手が良かったので幸せな結婚生活を送りました。主人は三年ほど前に亡くなったのですが、今は息子夫婦と住んでおります。孫が来年大学を卒業する予定で、このほど就職も内定して、ホッとしております」と静かに話をした。健吾はこの色白のゆったりとして多少太り気味で、能の女面のような顔立ちの、髪の毛はもう白いものが七割がた占めている人は初めてだったので、いったい彼女は誰なのか、どういう女の子だったのだろうかと思った。

それから、級友同士で結婚をした、三田正俊が話をした。以前奥さんも一緒に出席したこともあるのだが、今回は彼一人であった。「私は技術学校に進んで、大手の原子力開発をしている会社のいわば下請け会社で技術者をしていました」という話をした。健吾も大学は原子力工学科を卒業したので、三田君とは二度ばかり新宿でサシで話したことがある。一組では彼のようにクラスメートと結婚したのが二組あった。もう一組は、こちらは元気で活発な女性、半井重代の方が出て来ていた。彼女は地元の催しで舞台で一人で歌謡曲など歌うと聞いている程の歌の上手な女性であった。

こんな状況で、楽しい二時間半が過ぎた。健吾は、隣のテーブルに行って、四、五人の女性にたいしても、一緒に記念写真を撮ってあげた。そして彼の世代の女性は、結婚するとほとんど専業主婦の生活を送り、ほとんどコンピューターなどいじらないしメールも使わないので、プリントしてそれを送るためのそれぞれの住所を書いてもらった。男の場合、皆メールを使うので、メールに画像を添付すれば、簡単でそれでよいのだが、女は多少手間がかかる。やがて、最後に全員の金屏風の前での記念写真を幹事がレストランの従業員に頼んで撮影してもらってお開きとなった。

その後、みんなは、表参道の裏道というか宴会場からすぐ続く舗装されて車も通る道を戻り、原宿駅の上の橋で待ち合わせをする。というのは、これから希望者はいつもの通り明治通りのカラオケの店に出掛けるからであった。男はみなホロ酔いで、多くのものが昼間なのに赤い顔をしている。健吾が、あの三木さんはいったいこれからどうするのか、と気になってじっと大鳥居の方を見ると、足の悪い彼女が水原順子に付き添われ杖をつきながら、ゆっくりとやってきた。中沢が「順子、これからカラオケだぞ。いつものように来ないのか」と大きな声で尋ねる。水原は、息子が東京在住なので、遅くなればその家に泊まればよい。しかし、「中沢君、今日はやめとく。私は三木さんと一緒に帰る。同じ東海道新幹線だから」と答える。中沢が「そうか、よし、わかった」といって、その後、我々はカラオケに向かった。健吾が中沢に「順子ちゃんは本当にしっかりしているなあ。足の悪いあの三木さんを助けて注意しながら帰るつもりなんだよね」というと、中沢も「順子には本当にかなわない。いつも女性には珍しく全体を見て行動している。あいつは偉い女だよ」と答えた。

カラオケに行ったのは半井など女性も入れて一〇人くらいで、ここでは、もっぱら半井が司会をやり、素人離れした歌も歌い、男どもは調子外れの男もいて、いつものように二時間くらい楽しんで、お互い「じゃあ、また来年も元気でな」と言って別れたのであった。

Ⅱ

健吾は帰宅して、今日のあらましを妻の節子に話をして、夕食をとった。彼らの間には四人の子供たちがいるが、今は皆所帯をもち、離れて暮らしているので、彼の実家の土地に戻ってからはずっと二人の生活が続いている。「楽しかった？　何人くらい集まったの？　菖蒲はどうだった？」などといろいろ聞く小柄な妻に「うん。今日は二〇人弱くらいかな。年々人数は少しずつ減ってきているね。菖蒲はまさに盛りだった。それ以上に池の睡蓮が実に綺麗だった」、「へぇー、睡蓮があったかしらね。気が付かなかった」、というようなことを話す。妻も神宮内苑はたいていこの菖蒲の季節だが既に何度も健吾と一緒に行っていて、なじみであった。「宴会はどうだった？、誰が来たの？」などと聞く妻に、健吾は「例によって中沢が司会をやってね。あいつは本当に盛り上げるのがうまい。水原順子も来た。あと、藤木、荒川、江上、桜田……、それに初めて会った、静岡から来た女の子も居た」などと健吾は来た連中の名をあげた。健吾は、荒川の八ヶ岳近くの別荘の旅行に節子を連れて行ったこともあるので、節子は健吾の親しい友人もある程度知っている。

食事後、健吾は二階の自室に上がり、北の間に並べてあるアルバムの中の、S小学校の卒業記念のアルバムを取り出し、あの気になった三木君子という女性はどの子なのか、調べてみた。古い薄っぺらな全員整列の写真が載っている数ページのアルバムは表紙も半分やぶれたりしていたが、写真そのものは黄土色に多少変色していたがしっかり撮れていた。

最初に職員の写真が一枚、そして三クラスの生徒たちの写真が一枚づつ、計わずか四枚のアルバムである。クラスごとに何列にもなった右ページの集合写真に対して、左ページに並んだ順に応じた名前が出ている。撮影はよく晴れた日に校庭で、最前列は椅子、次は立ち、その後ろは階段状に台があって、生徒たちは前からだいたい背の高さの順番に並んでいる。最前列の中央には校長先生と担任の先生が座り、向かって左が男の子、右側に女の子が写っている。校長先生は全国の小学校で初めての女性校長で、ラジオにも出たことのあるふっくらとした色白の先生であった。健吾は三組だったら全ての子を覚えているが、一組はよくわからない。その一組の写真を探すと三木君子の名前が出ていて、右ページの当該の少女の写真を見た次の瞬間、健吾は「ああっ」と声を挙げた。「この子か！　確かこの子は我が家に母を訪ねて来たことがあった」と急に思い出したのである。

三木さんはその頃は背が高く一番後ろの四列目に立っていた。後ろに引きつめた髪でしっかりと前方を見つめている。十二歳の時であり、七七歳の今日とは六五年の歳月のギャップ、わからなかったのも当然だ。この頃は名前も知らなかったし話したこともなかったのだが、しかし、その後彼女は確かに健吾の自宅に来たことがある。それがいつかはどうもはっきりしない。

しかし、ぼんやりと考えているうちに、あの子は家に一人で母を訪ねて来たあと、これもいつかはわからないのだが、健吾と母宛てに手紙を送ってきたことがあったような気がしてきた。その夜は、健吾はいろいろ考えがまとまらず、じーっと一人で考えていた。

翌日、健吾は藤木に電話した。さりげなく彼女のことも聞いた。彼は三組であったわけだから、小学校の時は知らなくても、大部分の子供たちが進む公立のY中学では、彼女と一緒になったかもしれない。健吾は国立大学の附属中学校に先生に言われるまま受験したらたまたま受かったのでＹ中学のことは全く知らなかったからである。

藤木は「俺も彼女のことはよく知らないなあ」と答えた。健吾が「だいたい中学を卒業して普通高校に行かなかった友達はどのくらい居たの」と問うと、「いや、結構居たと思うよ。例えば尾高なんか中卒で就職して、数年経って定時制の高校に行き、年取ってから渋谷にあった五島プラネタリウムの事務長までしたし、男はなんとか高校にという具合で、例えば桜田や大山みたいに、商業高校や工業学校に随分行ったりした。女は中卒というのは、結構多かったと思う。普通高校にいかず、洋裁とか料理学校に進んだ子も居たし、就職した子も居たと思う。デパートのエレベーターガールとか、ほら、君も知っている工藤みたいにバスガールになったのもいるし、でも一組の女の子のことはよく知らないなあ」という答えだった。そうだ。工藤美子は綺麗な西洋人形のような子だったけれど、バスガールになったと聞いた。コロンビア・ローズの「東京のバスガール」という歌が一時はやったなあ、と健吾は思い出した。また、あの頃は女の子は手に職をつけるため洋裁学校には沢山行った。健吾が中学・高校に通った頃、通学で朝早く、新宿駅南口に向かう時、甲州街道沿いの新宿から西に約五〇〇メートルくらい離れて、当時高層の円形ビルディングの校舎で有名であった文化服装学院があって、駅から出てきてそこに通う女性たちが数十人いや数百人学校に向かっているのとよく向かい合ったものであった。今はそこも円形校舎もなくなり少数らしいが男子も通う文化学園大学になっている。

その翌日、健吾はこんどは尼崎の水原順子に電話してみた。簡単に先日の会の話をひとしきり楽しくした後、健吾は「順子ちゃんはあの後、三木さんと一緒に帰ったけれど、彼女は、中学ではどうだった？　その後は？」などと聞くと、順子は「あのねえ、古賀君、三木さんは御両親を早くなくされ、なにか親戚の人に育てられたのよね。三木さんは中学に行って、はっきりしないけれど確か一年くらい病気で遅れたと思う」と返答してくれた。しかし、「でもそのあとはどうされたのか、よく知らないわ」ということだった。

しょうがない、と諦めて数日後、健吾は思い出して、手紙、葉書がぎっしり詰まっている箱を取りだした。これは若い時からのもので、もう六〇年くらい、いやそれ以上前のものまであった。大部分は年賀状なのであるが、二箱あり、よくくる人たちに対してはアイウエオ順に整理してある。そして、もう一箱あって、既に亡くなった人のものには、これも名前付きでタッグを付けてある。それが半箱分あり、一回限りのものがその箱のあとの半分を占めていた。このような健吾の整理ぶりは、几帳面で役人でもあった父の性格ゆずりとも言えるものであった。

最後の一箱に、あの女性からの手紙と思ったのがあった！　宛名はこちらの住所とともに「古賀健吾様、御母上様」となっている。切手はきれいだったものと見えて蒐集用にか、切り取られていたので、日付けがわからない。あの頃はきれいな切手を集めるのがはやり、健吾も集めたりしていた。彼女の住所は大田区桐里町となっており、しかも名字が異なっている。三木ではなく小谷君子となっているのであった。一瞬怪訝な思いがする。もしかしたら他人かもしれないと不安になった。その手紙はだいたい次のようなものであった。

「先日は突然お伺いして誠に失礼いたしました。……私のことでいろいろとご心配戴きましたそうで有難うございます。あのように沢山のお祝いまで頂きまして本当に何とお礼申しあげてよいかわかりません。心から厚く御礼を申し上げます。……身体もようやく健康体に戻りどうやら一人前に勤めることができそうでございます。……皆様の御好意に報いることの出来ますよう真面目に誠実に勤めようと思って居ります。……どうぞくれぐれも御自愛遊ばして御勉学を続けられます様、心からお祈りもうしあげます。三月三十日　小谷君子」とあった。実に女性らしい、小さな字体できれいにそれでいて達筆という感じの手紙であった。健吾の母は、小学校で青少年補導委員会の委員長とか、渋谷区民生委員を長らくやっていたので、もしかしたら彼女があの時、相談に来たのではないか。健吾は外から家に帰った時、彼女は母と対してきちんと座っていて、非常に丁寧な言葉遣いで、話していたのをちらっと後ろから見ただけであった。それは健吾などとは大違いで、はるかに大人の態度、雰囲気であった。彼は話の中身を聞いたわけではない。

もうその母も三五年以上前に六〇歳台後半で亡くなっているのだが、便箋と一緒に母の字の小さなメモがあった。それが、そのまま同じ封筒に入れてあって（たぶん、健吾が後日、同じ関係というわけで、整理のため突っ込んでおいたのであろう）、「連絡先　世田谷区祖師谷　三木　北多摩郡狛江町　小谷、ペナンで六月に子供が生まれる」などと鉛筆で書いてあった。

なんだか、住所もさまざま、名字もさまざま、健吾は、何が何だか全く混迷に陥る思いであった。なにしろ、間違いなく半世紀以上昔のことであるから、彼には手紙が来たという感触の記憶しかなかった。それを取りだして見ると、なにやら謎めいたことがぞろぞろ出てきたのであった。
健吾は改めて彼女の卒業写真をじーっと静かに眺めた。それはすっきりとしていて、しっかりとした顔だが、なんだか、孤独に耐えて必死で生きている少女、という風にも思えて来た。周りの少女たちとは明らかに異なる表情であった。しかもあの手紙は、母に対するお礼であるのだが、健吾は何もしていないのにも拘わらず、彼に対するお礼ともなっていて、彼女は就職するらしい。そして、健吾に対し、「くれぐれも御自愛遊ばして御勉学を続けられますよう、心からお祈りもうしあげます」などと、書いてある。何という大人びた成熟した文章だろう。これは普通ならば、かつての教え子を送り出す先生の言葉とかであって、とても同学年生への言葉づかいではない。いつ書いたのかはっきりしないが、一〇代半ばの少女が書いたと思うと、健吾は信じられない思いがした。

数日後、彼は写真をプリントし、多くの女性達にそれぞれ手紙入りでそれらを送った。もちろん旧姓でなく現在の名前宛てである。野本君子には、「あなたとお会いしたのは、卒業以来、六五年ぶりでしょうか。しかし、貴方はその後、家に来られたことがありませんか。私の家にもしかしたらあなたからの手紙があります。貴方は小谷とおっしゃられた時期がありませんか。間違っていたらごめんなさい」という文章を書き加えた。

それから約一週間後、「野本君子（旧姓三木）」という書き方で、葉書が健吾のもとに届いた。
「同期会の御席でお目にかかれることが出来大変なつかしく嬉しく存じました。長年案じていただいた事、お母様にも御心をかけていただいて、今さら乍ら私は善意の方々に恵まれていたと思いを深めています。……写真もありがとうございます。白い髪のバーサンになったものだと思いました。古賀様は本当に御立派な紳士でいらっしゃいました。とても嬉しく存じました。私、目をわるくしまして読みづらい字と思いますがお許しくださいませ。……まずはお礼まで　かしこ」とあった。

健吾は、長年案じてなどと書かれてあるのを見て、実に赤面の思いがした。彼は何も考えていなかったのである。忘れて過ごしていたのだ。小谷とか、その他のことは何も書いてなかったが、母と会った当人であることは確からしい。母に会ったのだから、家に来た時はまだ渋谷区の近所に居たのだろう。健吾は、卒業アルバムには住所が書いてあるのを思い出したので、それを見ると、小学校のすぐ近くであった。手紙の住所は大田区だから、その時は渋谷区を離れていて就職を前にして、中学か高校の時に書いたのだろう。

だいたい、君子さん、あなたは僕を誤解している。俺は貴方が家を訪れた時なんて、単なるガキに過ぎなかった。貴方がきちんと座って母に対しているのを見て、通りすがりにちょっと挨拶したにすぎない。申し訳ないことに、貴方のことはそれっきり全く忘れていたのだ。それにしても、足も悪いのに目も悪いのか、と思うと、健吾はなんだか居ても立ってもいられない衝動に襲われた。

しかし、どうしよう。静岡は遠いし、電話番号も知らない。どうしたらいいのだろう。しばらく考えて、健吾は「そうだ。自分が書いた随筆の本がある。それには思い出として、自分の辿った経験も数多く書いてある。それをまず彼女に送ろう。彼女は俺のことは、小学校の同学年生ということ以上のことは何も知らないのだから」と決心した。

そして翌日、彼はかなり長い手紙を書いた。健吾はここ十数年、手紙はパソコンで文章を作りそれを印刷して送る。その方が何回も書きなおせるし、じっくり考えて書くことが出来るからだ。彼女がどんな病気か知らないが、目が悪いのならといつもより大きなフォントの太字にしてと考え、それを印刷した。そして、手紙を書くのが大変なら、今後電話をしてくれるようにと、自分の携帯電話の番号も書き添えた。その本は、六〇歳で定年になった数年後、彼の狭い専門にとどまらず自然科学について総括的な彼の理解を書いて出版した後、次に彼の読書経験をもとに、人文および社会科学についての二冊目の本を書き、もうあとは人生論的な随筆しかないと、さまざまの主題のもとに種々雑多なことを書いた、約二七〇ページ、今から約一〇年前に出版した自費出版の三冊目の本だった。

これには、自分の生活、小学校時代、中学・高校時代、大学、大学院の生活、研究所に就職してから、そして外国生活など、ひと通りの経験談が書かれ、それに音楽、美術、映画などの趣味のことも随分書き、もう七〇歳近くになっていたので、これからの年取ってからの生きがいとか死への覚悟などについても記述されていた。

それは、もう書くことはないだろうからと、その時点で考えられることを全て書いたものであった。健吾はその本を手紙とともに郵便局のスマートレターに入れて、静岡の彼女に向けて送付した。

一週間後くらい、七月に入って、彼女から電話がかかってきた。健吾が妻との夕食を済ませ、二階の自室でいつものようにコンピューターで執筆の作業をしている時だった。それは健吾にとって考えてもいなかった嬉しいものだった。

「お母様にはお世話になりました。御本有難うございました。早速いろいろ読みました。まだ半分くらいしか読んでいませんが」ということから始まって、「最初に古賀さんのポーランドの旅行記が書いてありますでしょ。私、外国にはほとんど行っていないのですが、娘時代からキュリー夫人の話やショパンのピアノ曲に憧れて、ポーランドは大好きな国でした」という弾んだ声が聞こえた。「古賀さんは大学の先生になられたのですね」、「私、西部劇の『駅馬車』は大好きな映画で、ジョン・ウェインですか、格好いいですよね。それにもまして私、あの女性の話が身につまされて。あの人は幼くして両親に死に別れて」（あの女性とは、映画でクレア・トレバーが演じた、売春で生活していて、後にジョン・ウェイン演ずるリンゴーと結ばれるというダラスという女のことである）とか、「古賀さんと同じで、私メンデルスゾーンの交響楽『イタリア』は本当に好きな音楽です。古賀さんとは好みが合う部分があってとても嬉しく思いました」という話など、さまざまの彼女の感想を伝えてくれた。小学校の同級生で、大学に行った男は、国立大学には数名、W大、K大、N大、R大その他の私立大学に進んだ者も数名いるが、大学の教員になった者は健吾しかいなかった。

「君子さんは何歳で結婚されたのですか」と聞くと「二三歳です。私はもう私のような女をもらってくれるなら、なんと申しますか、就職するような気分だったのです」と笑っていた。「でも幸い相手の人がいい人だったので、よかったのです。主人は水産関係の会社に勤めていて、結婚してすぐ新婚旅行のような感じで、仕事先のマレーシアのペナンに行き、二年ほどいたのですが、そこで子供が生まれました」、「ああ、ペナンと言ったら今では有名な観光地ですよね。僕は行ったことないのですが」、「今はそうらしいですね。でも私が行った時はそんなではありませんでした。でも海岸は綺麗でした」、「また、随分経って主人の仕事先のインド洋のモーリシャスにも、三週間ほど行ったことがございます」などと二人は初めて屈託のない会話を交わしたのである。健吾は、彼女は同期会の挨拶でも、しとやかな控えめの女性というイメージしかなかったので、彼女がとても活発で、好奇心の強い、根は朗らかな女性であることを知って、とても嬉しくなった。

健吾は彼女との長電話を終わって、下に降り、節子に「ようやく静岡の女性が誰だかはっきりしてきたよ」と彼女との、今までの交信や電話のあらましを伝えた。「ふーん、随分苦労した人なのね。あの頃は戦争後でそういう人が結構いるのよね。私も片親だったけれどお母さんがいたからね。その人は両親がいなかったというのだから気の毒よ。大変だったでしょうね。でも連絡がとれてよかったわね」と節子は言った。

それから、一段落したので、健吾は自分の仕事に戻った。実は七月の下旬に、神田の学士会館で彼は特別講演をしなくてはならなかったのである。その講演は、聴衆者が医者および医学に関する会社の営業者で、一時間半、質疑を含めると約二時間余りと予定されていた。いつまでも彼女のことばかり考えているわけにはいかなかった。その講演は健吾がたぶんこれが最後と思っているもので題は「科学と心、そして生活」として、もう数ヶ月間準備をしてきて八割ができたものであった。その準備の仕上げをしなければならなかった。

Ⅲ

それから、健吾は一生懸命、その講演のポリッシュ・アップを二週間くらい行った。そして、講演は、当日七〇人くらいの聴衆者に対して行い、まずまずの出来であった気がした。アカデミックな科学の歴史から始めたのだが、それで人間の心の問題はどれだけ解ってきたのか、例えば宗教は、倫理は、どう変わったのか、そしてそれを元にして我々はどう生きればよいのかなど、生活にも寄り添ったものであったので聴衆も聞きやすかったのだろう。講演後の活発な議論もあった。

健吾はその一ヶ月くらい後、八月の末に、思いついて、野本君子にもう一冊、自著を送った。それは、出版は三冊でおしまいと一旦思ったのだが、生家に戻った時、父の出征時、三五歳の時に書いた自筆の遺言状が見つかり、これは歴史上の意味でも書いておいた方がよい、と思い書き始めたものであった。母が女学校時代に習ったと思われる植物学の牧野富太郎氏の植物図鑑や自叙伝もあり、健吾は子供の頃、母に連れられて、晩年の牧野氏に会ったこともあったので、そのことも書いた。それに加えて、特に父や母のことを独立して書いた節もあり、君子が会った母の写真も含まれていて、彼女が母を思い出すかもしれないと思ったからである。その旨の手紙を添えて送ったのである。

それから四、五日して、再び彼女から電話があった。二冊目の本の送付に対するお礼と、母の写真への懐かしい思い、感謝といったものであった。それとともに、ささやかですがお礼の品を送りましたので、という伝言があった。

その数日後、彼女から「抹茶入りカステラと静岡産のお茶二缶」が入った贈り物が届いた。カステラはとても美味しく、妻とともに賞味したし、お茶も上等のものであった。健吾はお礼の葉書を出した。それとともに、思いきって、「どこか、都合のいい場所で近々お会いしませんか」と書いた。

まだまだ、彼女には聞きたいことがある。あのさまざまなる住所は彼女が住まいを転々と変わったことを意味しているのだろうが、名前の方はどうなっていたのだろう。あの小谷君子というのはどういう意味だろう。また、その他、彼女は知的な興味が強く、活発な様子だったからゆっくりといろいろな話をしてみたい、と思ったのである。彼女は彼の本を読んでくれている筈だから、それで一段落したら、電話をかけて来てくださいと、書き添えた。

しかし、この頃から、健吾は親しい人が執筆している原稿のチェックで忙しくなっていた。それは、三〇〇ページ以上になりそうな大著で、しかもその人の処女作で健吾の母方の曽祖父についてのことだということで、彼にいろいろな助けを求めたものであった。彼の曽祖父というのは明治時代に始まった老舗のＭ書店の創始者で、それを書こうとしている人もＭ書店に長年勤めたＯＢであった。この時点で、健吾は既に十数冊の本を出版していたので、経験上、さまざまの点で彼を助けることができそうであったのだ。毎日、数回のメールをやり取りし、彼がメールで送ってくる原稿を読み、構成に対する意見を述べたり、細かい字句のチェック、校正をしてメールを送り返したり、図や写真の取り入れ方などを説明した。しばしば電話で話す事もあり、彼が常磐線沿線に住んでいたので、時には上野近辺で会うこともあった。

健吾は、一ヶ月以上、一〇月一杯待ったのであるが、野本君子からは電話は来なかった。健吾はしびれを切らしてついに彼女に電話した。すぐ電話口に彼女は出て来た。「君子さんですか。お元気ですか」、「はい、元気です」、「どうですか。一度会いませんか、と手紙に書いたのですが、いかがでしょうか」、「はい、私はいつでもよいのですが、女の私からは申すことはできませんので、控えておりました」と、君子は答えた。「それでは、熱海あたりでどうでしょうか」、「結構でございます」、「いつがいいですか」、「いつでも」というような会話をして、健吾は「それでは天気の良い日であれば、二週間後の十一月十三日十二時、熱海駅の南側の改札口で待ち合わせで、どうでしょうか。一緒に食事をしながらでも話をしましょう。もし天気が悪いようでしたらまたその前に電話します」、「はい、わかりました」、「では、その日を楽しみにしています」そんな会話で電話は終わった。

健吾は終わってふーっとため息をついた。なーんだ。こんなに待つ事はなかったのだ。ようやく、君子に会うことができそうだ。それにしても「女の私からは申すことはできませんので」とは、何と古風な女なんだ。彼女は待っていたんだ。健吾は、久しぶりで、日本の女の奥床しい心、態度にふれて、なんとも言えない気持ちになった。

電話をかける前に、どこで会おうかと、健吾はいろいろ考えたのである。こちらは新宿、相手は静岡、両者の中間がよいだろう。健吾は時刻表を調べ、同じような時間、同じような運賃と考えると、熱海がよい。健吾は公務員の年金生活者だし、東京から新幹線というのが時間も早いだろうが、運賃が高い。そんなに急ぐ必要はまったくない。新宿から小田急線で小田原に行き、そこから熱海はすぐだ。本当は小田原位が中間かもしれないが、健吾は、女性の慣れない負担を軽くしたかった。健吾の方が少し時間もかかるし、費用も高くなるけれど、まあそれは構わない。時間も正午であれば、新幹線でない在来線であっても彼女もゆっくり来られるだろうというので、場所、時間の案を用意していたのであった。

いよいよ、その日が近づいた。幸い好天気の連続である。その日の数日前に健吾は自らの計画を節子に伝えた。節子はそれを聞いて「えーっ、どうかしら、男と女が二人きりで会うというのは」という。節子は昔から良妻賢母の教育の、日本でもっとも古い女子大を卒業している。「馬鹿言うな。昔恋仲であったやけぼっくいが会うのではないし、そもそも彼女と俺は単なる小学校の同年生だし、もうお互いに喜寿を超えていて孫もいるんだぜ。くだらない心配はするな」と健吾は言った。「ふーん、でもどうかしらね。私だったらやらないわ」と節子はまだこだわっているようだった。そういう慎重さは節子の特徴でもあった。健吾は彼女がそういう手固い守りの姿勢で注意深く子供を育てたし、最近は年取った二人の健康を気にして、いろいろな本を読み、テレビの健康番組もしょっちゅう見ていて、食事を始めとしてあらゆることに気を使い、いままでどれだけ助けられたかはよくわかってはいた。

しかしこんどの場合は違う。「あなた、フォーカスされたらどうするの?」、「?」、「フォーカスよ。隠しカメラで二人の写真を撮られるってことよ」。その言葉を聞いて、健吾はなんだかあまりに馬鹿馬鹿しくなってにやにやし「そうなったら面白いだろうね」と彼女の顔をじーっと見た。そうされると、さすがに彼女も自分の言葉がおかしかったと見えて「そうね。あなたはフォーカスされるような有名人ではないからね。そんなことはあり得ないでしょう。でも最近は監視カメラというのもあるからね」などとまだブツブツ言った。しかし、しばらくして数呼吸おいて「あぁ、いいなあ。私もやってみたくなった。誰かいい人いないかしら。『熱海の海岸、散歩する、貫一、お宮の二人連れ　共に歩むも今日限り　共に……』と、尾崎紅葉の『金色夜叉』の歌を歌い出した。節子はさっぱりした性格だがいくつになってもそういう子供っぽいところがあった。「いや、彼女は足が悪いから、散歩はできないよ。どこかで食事をして、二、三時間話をしたら帰って来るよ」と健吾は告げた。

Ⅳ

その日になって、健吾はあらかじめ考えていたように、会うと決めた一時間前、十一時には熱海に着こうと思っていた。それは、君子が足が悪いということを考慮したからである。

健吾にとって熱海は研究所の部の旅行で一度、旅館で一泊旅行にきた場所であった。その時は、皆で貫一・お宮の銅像を見た記憶があった。貫一がお宮を足蹴にした有名なものである。でもそれは二〇年以上前のことで、今の熱海がどういう状態かはよく知らなかった。子供の頃は熱海は新婚旅行とか、会社の社員旅行で、手軽な場所として大繁盛していたのだが、最近はもっと奥深い温泉地の方が好まれるし、新婚旅行などは外国に行くのが当たり前になっていて、一時の面影はない時代が続いたらしい。しかし、最近は再びその便利さから、やや活気を取り戻しつつある、とも聞いていていた。

しかし、現在の熱海駅周辺はまったく知らない。健吾はネットで駅周辺を調べ、どんな食べ物屋があるか、レストランはどこにあるかなどを見た。現地に着いたらそれをあらかじめ確かめるために彼女と会う前に歩き回ろうと思ったのである。彼女は、和食がいいか、洋食がいいかもわからない。男同士であれば、長話をしようと思えば簡単で、一杯飲み屋に入ればよい。飲み屋は二、三時間いるのが普通だし、ビールから始まってつまみを注文しながら、互いに好きな日本酒でも、焼酎、ワイン、ウィスキーなど好きなものに切り替えて何時間居ても時間を気にすることはない。しかし、女性だと、昼間からアルコールを飲む人なんてめったにいないだろうし、どんぶりなどの大衆食堂では、食べたらすぐ出なくてはならないし、そこに長くいる気にもならない。彼女の場合、遠くからきているのだから、帰りのことも考えるとアルコールは考えられない。それで、いろいろな場合を想定して、調査をした。実際に着いたら、彼女を駅前に座らせて、幾つかの店の様子、混み具合などを調べ、それを見て、彼女をそこへ伴えば一番よいだろう。それにしても駅を出て、ベンチでもあればいいのだが。なければ、ホームのベンチで待ってもらおうなどといろいろ考えていた。

健吾はこんな風に考えている時、ある映画を思い出していた。それは古いフランス映画のクロード・ルルーシュ監督の『男と女』で、フランシス・レイ作曲の「ダバダバダ、ダバダバダ」のバック音楽とともに、二人のベッドでの抱擁シーンが延々と描写されたことで有名になったものだが、彼が特に印象的だったのは、その前か後かはっきりしないが、別のシーンだった。

連れ合いをそれぞれ亡くした、俳優の名で言えばジャン・ルイ・トランティニアンとアヌーク・エーメが、フランスの北海岸のドーヴィルでそれぞれの子供を預ける託児所で知り合う。何回か繰り返される出会いで二人は親しくなり、トランティニアンはこの女と一緒になりたいと思うようになる。二人は共にパリに住んでいるのだが、ある日、またドーヴィルで会い、女は列車で、彼は自家用車で帰るのだが、彼は先廻りして駅で彼女に出会うために、雨の中を必死でドライブする（彼はＦ１レーサーでもあった）。彼女に気持ちを伝える為に男は懸命になる。女はそんなことを想像だにしておらず、駅で列車から降りるとそこに男が出迎えたのに吃驚するのである。

どうも男と女というのは、こういう役回りなのだと、健吾にはこのシーンがひときわ印象深かった。女は無心である。単純に考えている。しかし、男はこの女とうまく物事を成就させるために、女の気づかないところで、いつも先回りして考え努力を重ねなければいけないのだ。

新宿から八時すぎに小田急線急行に乗る。始発だから悠々と席に座り、用意した本を取り出して読んで過ごす。これはいつもそうだった。読書は健吾にとって無上の楽しみだ。小田原には一時間四〇分くらいかかって着いた。一〇時過ぎに、そこから東海道線に乗り換える。各駅停車で、早川、根府川、真鶴、湯河原と通過すると次はもう熱海だ。健吾は早川からほどなく南に一面の太平洋が見えるこの区間の途中が大好きであった。本をカバンに入れ座席から海をじっと見ながら、今日はまず熱海駅に着いたら、あれをして次にこれをしてといろいろ計画を確かめるように反芻した。

根府川の駅では、健吾は大好きな詩人茨木のり子の詩「根府川の海」を思い出した。その詩では「赤いカンナの咲いている駅　たっぷり栄養のある　大きな花の向うに　いつもまっさおな海がひろがっていた」と詠われているが、季節が異なるのでその花は咲いていなかった。また根府川の長い鉄橋を通過する時は、東映の大川博社長の物語を思い出した。彼がまだ鉄道省の役人で国府津で講演をし、終わって午後に高崎に行けと指示を受け、彼はその日のうちにそちらへ向かった。同僚は国府津から熱海で一泊して翌日上京するときに、その日が、大正十二年の関東大震災の日であって、根府川のあたりを通過中の列車が鉄橋で土砂崩れにあい、鉄橋下に埋没、乗っていた同僚は半年後に遺体となって見つかったという。人の運命はわからない。これは、健吾が日本経済新聞の「私の履歴書」をまとめて総集編になった古い本を図書館から借り出して大川氏のものを読んだときに、その中に書かれていたものであった。

さすがに熱海では、今までの駅と違って多くの人たちが降りる。もう十一時をだいぶ過ぎていたが、時計を見ると十二時まではまだ四〇分くらいある。駅前の商店街を探索するには十分だ。プラットホームから階段を下り、左折して、その人たちに交じって健吾は南口の改札口へ向かった。遠方に三つくらい自動改札があるのが見える。そこへ向かった健吾の目に、次の瞬間、片手に杖をついてあらぬ方を眺めている黒いジャケットのようなものを着ている髪の毛が半白の老婦人が映った。健吾は「あっ」と思った。なんと、彼女はもうそこに着いて待っていたのだ。健吾は一瞬、当惑のあまり、しばし立ち止まって通路の脇に寄り、後ろから来る人たちを避けて、どうしたらよいか考えた。

それはまさに想定外のことだった。これは困った。どうしよう。彼はしばらくじっと考え込んだ。でも彼女に気が付かれないように二、三台しかない改札を出ることは出来そうもない。それはたとえできたとしても不自然だ。さらにしばし考えて、健吾はえーいっとばかり、まず彼女と挨拶しようと再び歩き出した。

彼は静かに歩み寄り「君子さん」と声をかけた。振り返った君子は、「ああっ」と言って一瞬輝いた顔に健吾には思われた。「随分早く来られたのですね」、「まあ、お久しぶりでございます。私、こんなでしょ。遅れたらいけないと思って早く出たんですの。そしたら新幹線が随分早く着いてしまって。でもほんのちょっと前でした」、「そうですか。では、ここをともかく出ましょう」と言いながら健吾はすばやく駅前を見た。そうしたら、すぐ近くの左手に足湯の場があって、一〇人くらい座れるようであった。「まずはあそこに行きましょう。座れますよ」と言って彼らはそこまでゆっくり歩いて行って腰かけた。

「まあ、よかったわ。ゆっくりできて」とホッとした感じで君子は言った。健吾は「さてっと、食事はどうしましょうか。和食か、洋食か、どちらがいいですか」、と言うと、君子は「私、何でもいいですの。食べることができさえすれば」と言った。

健吾は思い出した。そうなのだ。自分たちの世代はぜいたくは言えなかった。終戦後の小学校時代から、何でも食べろ、と親に厳しくしつけられたのだ。農家で育った父は「健吾、このお米一粒にお百姓のどれだけの労力がかかっていると思っているのか、お前はわかっているのか。米一粒も残してはいかん」といつも言っていた。

小学校の給食はいつもコッペパンで横に切れ目を入れた中には、いつも真っ赤ないちごジャムとか、カスタードクリームとか、時にはチョコレートクリームのこともあり、とても美味しかった。担任の先生は、大きな容器にいれた進駐軍からの脱脂粉乳をとかしたミルクを生徒達のコップに一人ずつ腰をかがめて入れてくれた。それは冷えるとドロっとして今から考えると決して上等ではなかったが、子供たちは牛乳だと思い誰も文句は言わなかった。他にサラダかなにかおかずがあったのだろうが、健吾はよく覚えていなかった。

「そうね。私、まだお昼だから、うどんでもそばでも、軽くでいいわ」と君子が言った。「そうですか。それではそば屋でも探してきます。そのあと喫茶店にでも行きましょう。しばらくここで待っていてください」と健吾は言って歩き出した。彼女と離れて、なんだかようやく緊張がとけて、健吾は初めて落ち着いた気持ちに戻れたように感じた。

V

熱海の駅に続く商店街はあらかじめネットで調べたように駅の右手にあり二つほどあった。そして、その商店街は共にゆっくり下がって行く坂道になっていた。その片方の一本の通りを選び、健吾はずっと歩いて行ったのだが、なかなかそば屋は見つからなかった。そば屋なんてそこらへんにあるだろうと思い、事前にまったく調べもしなかったのである。調べたとしても、ネットで広告をだしているのは、よほどのところだろう。かなり二〇〇メートルくらい下がって行っても、土産物屋やお菓子屋、洋服店などが多く、健吾があらかじめ調べた和食の割烹店が目に入ったりしたが、そば屋はなかった。やむを得ずまた坂道を登り、こんな坂道だと食事の後、彼女と一緒ではちょっと大変になるかもしれないと思いながら健吾は登っていった、また駅前に戻った格好になった。

もう一本の道はどうだろうとふと見ると、その坂道の始まりに「戸隠そば」という看板があり、そこに行って中を覗くと、お客はまだ少ない。最初の通りの選択が悪かったのだ。ちょうどいい具合に隣りが喫茶店だった。「よしっ、ここにしよう」と健吾は思い、駅のほうに戻り、足湯の場所で休んでいる君子に伝えた。彼女は黒いジャケットに良く見るとおしゃれな黄色や緑、白の花柄のような模様がついていて、それにスラックスの姿であった。「ちょうどいいところが見つかった。すぐ近くにそば屋があります。そこへ行きましょう」と君子を促した。君子はゆっくり立ち上がり、そろりそろりと歩きだした。「私、ここ一五年くらい前からリウマチになって、歩く時、足の節々が痛くなってこんなになってしまったのです」と君子は言った。「そうですか。無理をすることはない。ゆっくり行きましょう」と健吾は言い、二人はそば屋に入った。

中に入って向かい合って座ると給仕の中年の女性が来た。すると、君子は「ここでは何がお勧めですか」と聞き、相手が「ここでは、そうですね。天ぷらのそばが一番人気です。つけ汁で、お野菜の合わせもあり、皆さんに喜んで頂いてます」というようなことを説明すると、「では、私はそれにするわ。古賀さん、あなたはいかが?」と聞くので「それでは、僕もそれでゆきましょう」と健吾は答えた。

健吾は、のろのろと歩くため、緩慢に見えた君子がこういう場面でてきぱきと積極的に応対するのに、新鮮なものを感じた。そばは店員が勧めたようにとてもうまかった。健吾はレジで二人分払い、隣りの喫茶店へ彼女を誘導した。「あらっ、すみません。こんどは私がお払い致しますから」と言いながら、君子があとに続いた。

コーヒーを注文すると、健吾は早速彼女に聞いた。「君子さんは私の家に来たことがありますよねえ」、「ええ、お母様に相談しに伺いました」、「何度くらいですか」、「いや、一度だけです。その時、古賀さんが学校から帰って来られましたから、ちょっと挨拶したのを覚えています」、「そうですか。それはいつごろでしたっけねえ」、「私が中学校で、身体の調子が悪くなって、実は二年ほど遅れたのですが、卒業する一年くらい前ではないかしら。一六か一七歳の頃ですわ」、「そうか。御両親を早く亡くされて随分苦労されたようですね」、「ええ。でも私はのんびり娘でしたから、そんなには」。

それから君子はしばらく自分の身の上話をした。それによると、父は彼女が四歳で結核で亡くなり、母は六歳のときにこれも結核で亡くなったという。彼女の病気も同じようなものであったらしい。それで彼女は小学校時代は叔母さんの家で育てられ、その叔母さんの名字が三木だった。その後、別の叔父さんの家に移ったという。「すると、お手紙での小谷君子というのはどうなのですか」と聞くと「それが私の本名なのです。父はT大を出たそうでございますが、私はほとんど覚えておりません」、「そうか」と健吾は言い、たぶん彼女はまず叔母の籍に入り、その後、叔父の家に移ってから、その叔母、叔父の相談かで、もともとの小谷の姓になったのだろうと思った。

次に健吾は持ってきていた母のメモの紙切れを彼女に見せた。それを見て、彼女は「たぶん、それは古賀さんのお母様が、叔母に電話でもかけて、書きとめたのではないかしら」、『ペナンで子供が生れる』と書いてありますよ。そうすると、これは貴方が結婚されて、しばらくたってのことでしょうから、貴方は何歳で結婚されたのでしたっけ。一度聞いたようにも思うのですが」、「二三のときです。主人は一〇歳年上だったのですが」、健吾は何でも細かく覚えていて、はきはき応える君子に感心するばかりだった。

「でも、貴方のお手紙を読むと、なんて大人なんだろうと、僕は本当にうたれたんですよ。だって、これは中学校を卒業されたハイティーンの頃ですよ。『どうぞくれぐれも御自愛遊ばして御勉学を続けられます様、心からお祈りもうしあげます』。こんなことを書くなんて、普通は考えられない」とこれも持参した彼女の手紙を見せた。「まあ、その時は……叔母の教育がそんなだったのかもしれません」と、彼女はちょっとはにかんだ仕草をみせた。

「でも、そんな叔母ともうまくいかなくなって、私は叔父の家に移ったのです。だって、その叔母は『あなたのお兄さんはもっと出来が良かった』なんて言うんですもの。その時、私は勉強するのがいやになりましたわ」、「お兄さんがおられたのですか」、「ええ、かなり歳の離れた兄で、私はほとんど知らないのですが、若い頃にやはり病気で亡くなってしまったのです。でも移った先のその叔父はH大を出たんだそうですが、とても優しい人でした」、「その家は大田区にあったのです。私は中学を出てずっと事務所などで働いていたのですが、やがてある人が、後の夫を紹介してくれて、私いつまでも親戚に厄介になっていてはいけないと、すぐ、相手をよく知らない内に決めてしまったのです。でもその人がいい人だったので、私は運がよかったんです」と、君子はにっこりと笑顔を見せた。

健吾は、彼女の話しぶりを聞いて、それが非常に論理的に整理されているのに感心した。そして、「この人は非常に頭のいい人だ」と思った。そう言えば、彼女の父の卒業した大学は文句なしの日本一だし、叔父の出た学校は経済または商業で、日本で一番の国立大学だ。彼女はとても優れた家系に生まれたんだ、と思った。彼女も優等生であったに違いない。そんな彼女がどうして中学卒で就職とは。またしても健吾はあの手紙の文章「くれぐれも御自愛遊ばして御勉学を続けられます様、心からお祈りもうしあげます」を思い出した。そんな彼女はどんなにか、上の学校に進みたかったことだろうと思うと、健吾はしんみりして、しばし、声もなかった。

健吾は出て来たコーヒーを飲み干すと、気を取り直して持ってきた小学校の卒業アルバムを取りだした。それを見た君子は、「ああ、なつかしい」と声をあげた。「これがあの時の貴方のお顔です。肌の綺麗そうな美少女ですよ」、「いえ、とんでもございません」、「その隣に高井さんがいます。実は私は彼女のお父さんに大学で数学を習いました。特殊関数論の権威でした」と言った。君子は「ああ、高井さんね。あの方はとてもよくお出来になったんですよ」、「彼女は学級委員にもなっていました。実は彼女は学科は違うのですが、うちの女房と同じ大学を卒業したんです。女房は英文科でしたが、高井さんは国文科でした。そのことは、僕は女房の大学のアルバムで気が付いたんです。一度、もう二〇年くらい前かなあ。彼女と同期会で会ったことがあります。なにか、大学時代は合唱団の副部長をしていたんだそうです。やはりしっかりした人だったのでしょう。数年前に御主人は亡くなられたようですが、彼女は今も元気なようです」と言った。

それから、アルバムを二人で見ながら、ひとしきり同学年生の話が続いた。健吾はたぶん彼女は、苦しい生活の中で、同学年生のその後のことなど、何も知らないだろうと思って、アルバムで皆のその後を語ろうと思って持って来たのであった。「ほら、この少年が同期会で司会をやった中沢です。神官の息子の」、「ああ、可愛いですね。あの方は小さい頃から冗談がお好きでよく皆を笑わせておりました」、「こちらは二組なんですが、これが、あの佐藤美幸さんです。卒業の時、答辞を読んだ、僕らのうちで最も勉強がよくできた人」と、健吾はにこやかに写真で笑っている女の子を指した、「ああ、あの方はその後どうされました?」。

「彼女は一人娘だったのですが、なにかお父さんに愛人がいたということを卒業されて後、いつかはわかりませんが知って、そんなこともあって神経を病み精神科に通ったそうです。たぶん、真面目一方の女性だったんだと思います。私も小学校を終わって離れてしまったのでよく知らないんですが、二〇歳ごろに亡くなったそうです」。

「ええっ、あんなによくできた方が。世の中わからないものですね」、健吾はたぶん君子が女の子のほうが、関心があるだろうと思い、さらに「同じように不幸だった子が、この白木昌子さんです。ほら、この写真の通り、鼻筋の通った色白の綺麗な女の子で、私は二年生のとき同じクラスで隣り同士の席で並んでいたのですが、彼女は渋谷のA学院大学に進みました。なぜそんなことを知っているかと言うと、彼女が中学の時かなあ、お父さんが亡くなったのです。それでお母さんが私の母に相談に来たんですね。ほら、あの頃はほとんどの主婦は結婚して専業でしょ。たぶんどうやって生活したらよいかということだったのだと思います。それで母は、夫が戦死して未亡人になっていた姉が、指圧師で子供を育てていたので、そこに頼んで、白木さんのお母さんに指圧の技術を身につけたらということになって、それでお母さんは指圧師になって白木さんと弟さんとを育てていったんです。お母さんも白木さんと同じく面長の色白の美人だったのですが、昌子さんは在学中に白血病で亡くなりました」、「あらっ、そんな、それこそ佳人薄命ですね」、「正にそうです」、「でもお母さんが、本当に悲しまれたでしょうね。世の中には実に気の毒な方がおられるものですね」。

「君子さんは一組だったから、小此木さんは知っていたでしょ。小此木瑠璃子さん」、「ええ、あの方は？」、「あの人はアメリカ人と結婚して、ずっと今もアメリカで住んで元気で居るそうですよ」。

こんな風に、次から次へと話はつきなかった。そのうち、店がだんだん混んできた。「そろそろ出ましょうか。あんまり長くもなんですから」と言って健吾は立ち上がった。君子も立ち上がり、「あの」と言って健吾の前に立ち「ここは私が」と言うので、健吾は先に店の外に出た。やや曇ってきたが、幸い雨は降りそうもない。これからどうしようかな、と思った。まだまだ話したいことがある。また足湯のところにひとまず行こうと決めた。

ゆっくりと、君子が店から出て来た。「じゃ、とりあえずまたあそこに行きましょう」と言って、健吾は君子と一緒に、足湯の場所にゆっくり戻っていった。途中、今では健吾より背も低く、ややずんぐりという感じになった君子は「私、この通り太ってしまって、本当はもっとやせたいのですが、運動ができないでしょう。どうしても」と言った。健吾は「いや、それほどでもないでしょう。女性は年取ったら多少太っている方が僕はいいと思いますよ。僕の女房も太り気味なのですが、何人かの女優を見てもわかる通り、痩せていた人が年取ると、どうしても淋しくなるんですよ」、「そうかしら。男の方から見るとそんなものなのかしらね」。

彼らは足湯の場にきて、ともに腰かけた。「さあーてと、これからどうするかなあ。まだまだお話を続けたいですね。そうだ。また別の喫茶店を探しますから、ここでちょっと待っていて下さい」、と健吾は言った。

Ⅵ

たしか、ネットでは、あのビルディングの中に喫茶店があったはずだ、と健吾は建物の中に入って行った。案内係の女性に聞くと、この通路の奥にあります、というので行くと、やや狭いがそこに喫茶店があった。ここならよい、一階だから彼女の負担にもならないだろう、と健吾は彼女の元に戻った。

さっきの喫茶店はなにか漢字の一文字の名前だったのだが、今度は洋風の英語の名前だった。二人は、店に入った。健吾はコーヒーを、君子は今度は「お紅茶を」というので、健吾は「すこし、ケーキでも頼みましょうか」と言うと、君子は「あらっ、いいですね」と答えたので、健吾は「お好きなものを注文してください」と言うと、彼女は店のものに、ケーキを注文した。健吾はちょっと腹がすいてきたので、サンドウィッチを注文した。

「ところでと、君子さん、僕の本はどうでしたか」と健吾は話題を変えた。君子は「ああっ、とても面白く読ませていただきました。私、科学のことはよく解らないので、それは読んでおりませんけれど、それ以外のことでは、とても読んで楽しくて、私と同じように古賀さんも感じていらっしゃると、ともかく楽しみました」、と言った。

「どんなところが、面白かったですか」、「お電話で申し上げたように、私、メンデルスゾーンの『イタリア』が大好きなんです。あの曲を聞くと、イタリアの明るさが目に浮かんでくるのです」。健吾は、その随筆の一節の中で、自分の好きなクラシックを敢えて言えば、といって二〇曲ばかり挙げたのだが、その中に『イタリア』があった。昔、ラジオで「NHKシンフォニーホール」とかいう番組があって、その番組ではいつも交響曲『イタリア』の第一楽章の出だしがテーマ音楽で使われ、番組が始まっていた。今はテレビだから、解説があってすぐ本番の演奏が画面で始まるのだが、ラジオでいつも同じテーマ音楽があると、聞く方もその音楽に馴染んでくる。健吾はそうしてこの『イタリア』を知ったのだが、君子もきっとそれに違いないと彼は思った。君子は「メンデルスゾーンはユダヤ人ですが、ハンブルグで育っているんですね。たぶん北ドイツの寒い地方で育ったから、イタリアに行った時にその明るい気候に感激してああいう音楽が生れたんだと思います」と言った。健吾はメンデルスゾーンがユダヤ人であることも、ハンブルグで生れ育ったことも知らなかった。

健吾はまだ節子と結婚する前、二人が大学生であって彼が節子と会う時に、当時は渋谷駅から一〇分くらいのところに渋谷食堂というのがあって、そこで彼らは安い焼きそばなどを食べ、各々が食べた分を支払い、その後、道玄坂を上がった百軒店にある音楽喫茶「ライオン」で静かに二人でクラシック音楽を聴いたのを思い出していた。あの頃のデートなんてそんなものだった。

「最近はやはり、ベートーヴェンの交響曲では『田園』が穏やかでいいなと思います。もう年取ったということですよね」と、君子は微笑みながら健吾に話しかけた。健吾も「まあ、そうですよね。だってもう我々はいい歳ですからね」と笑い返した。

「それとね。古賀さんの本は、扱っている範囲が凄く広くて、感心致しますの」と言う。健吾は、彼女が目が悪いと言っていたことを思い出し、「いや、エッセイですから、勝手なことを書き散らしただけの本です。僕は貴方が目を悪くしていると聞いて、本をお渡しするのを気にしていたんですよ。無理強いしているのではないかと思って。どういう病気なのですか」、と聞くと「いいえ、たいしたことはないんです。黄斑変性症とかいうもので、目がちらちらするんです。でも私、本を読むのが大好きですから、ついつい長くなると、目が疲れるのでやめるのですが、その程度です」との答えだった。それを聞いて健吾はほっと安心した。

「ああ、そうそう、今日私、古賀さんがこの前お送りしたお菓子とお茶がお気に召したと伺って、またこんなものを持ってきました」と、君子は手提げの袋からなにかを取りだした。「これは、地元の江戸時代から伝わっているというお菓子です。羊羹のようなものと比べるとずっと淡い甘さなんですけれど、おいしいんです。それと、これはこの前もお送りしたお茶です。私が気にいって、最近ずっと飲んでいるんです。これは缶ではありませんけれど、少しお湯をさまして時間をかけるととてもいい味のお茶になるんですの」と言った。健吾がその真空パックしたような袋を見ると、「熟成茶　蔵そだち」とあった。「それはわざわざ。有難うございます。喜んで頂戴いたします」と健吾はそれを押しいただいた。

　彼は、二人だけの生活になって余裕ができてきたこの一〇年あまり、お茶だけは、割合いいものを選んで買ってきた。四人の子供を育てていた時は、何にも気にしなかった。お茶などただがぶがぶと飲んで食事を終えていたのだが、ここのところはせめてお茶はじっくり味わってということで、結構味には敏感になっていた。君子が送って来たものはさすが静岡は本場であるだけに美味しかったので、とても嬉しかった。

　君子が「私、『復活』や『アンナ・カレーニナ』とか『罪と罰』とか、ロシア文学に一時夢中になったこともあるんです。でも読んでいるときはあらすじに夢中になっても、今考えると、どうも西洋の人たちの考えや感覚はよくわかりませんわ」と言った、健吾は「そう、トルストイは白樺派も影響を受けただけあって、僕もある程度、理解した気がしたのですが。しかし、ドストエフスキーは、いやあ、『罪と罰』なんて深刻な物語というのでそれをありがたがった人はたくさんいたようですが、同感ですね。『カラマーゾフの兄弟』なんかも、現代的に見て意味があるのかなあ。あの小説を完読したかどうか、よく覚えていないなあ」と応えた、君子はさらに「私がわからないのは西洋人だけでないんです。たとえば、ほら、私はペナンに住んでいたことがありますでしょ。そこでは、中国人もいたんですよ。でもなんとなく中国人とは合わないなあ、という感じだったし、やはり私たちは日本人が一番いいんですよね」と言った。

「いや、中国は問題ですよ。僕の付き合う中国人は仕事の関係上だいたい科学技術の研究者だから、みんないい人たちばかりですが、こちらは政治の話はしないようにしています。彼らも研究者だから自由に議論したいに決まっていますが、彼らを苦しい立場にしたくないからです。政治的にこれから中国はどうなるか。どんどん成長率が落ちてきているでしょう。経済的につぶれるか、もう実際は破産していると言う専門家もたくさんいるんですよ。

しかし、あの習近平は何を考えているのか、よくわからない。あの人は古くからの共産党の幹部の子弟という意味で太子党と言われますが、有力者であって副首相にまでになった父が、政敵に追い落とされて十数年間も投獄されているんですね。毛沢東が死んで数年後に名誉回復されて復活したそうですけれど。だから、習近平は絶対に人を信用しない。本心を見せない。あの人を見ていると第一、絶対に朗らかな笑いがないんですよ。いつも人を疑っているようで、警戒している。ある意味では気の毒な人だと僕は思いますね。

それに政府は全人代、国会を開くのですが、メンバーはすべて共産党が推薦した人ですから、開けばほぼ全会一致でしょ。国民が代表を選挙で選ぶわけではない。あんなのは民主主義のかけらもない、いわば専制政治で、警察国家ですよ。そのくせ、裏での政治家の権力をめぐる暗闘は凄まじいようです」と、健吾はいつのまにか、話が変わっているのに気がつかなかったくらいに力説した。

「しかし、一方で、日本は歴史的に中国文化の恩恵をものすごく受けています。僕は現在、日中科学技術交流協会の役員をしているのですが、日本と中国は時の政治状況に関わらず、絶対に友好的関係を継続していかなければならない。そこが難しいところです」。

「そうですか。そういえば、日本の政治家は、昔に比べれば、みんなどっしりした感じがありませんね。古賀さん、そう思いませんか」と君子が言った。

「その通りだなあ。まあ、平和な時代だし、政治家は大部分、特に自民党は皆、世襲になり二世、三世の有力者が権力を握っているから、若い時の苦労がない。政治家の中で本当に日本の全体を考えて勉強し、自分で考えているのはほんの一握りだと思いますね。もちろん、中にはそうでない、自らが築きあげて来た人もいるにはいるのですが」。

「だいたい、今は国論を二分するような問題があまりないんだと僕は思いますね。まあ、首相は憲法の九条改正に意欲を燃やしていますけれど、国民投票が必要だから、事態はそう簡単には動かないし、国民はそう慌てていない。

君子さん、僕が大学に入学したのが、一九六〇年、いわゆる六〇年日米安保改定反対闘争が絶頂期を迎えた年です。毎日のように、数万人の労働者、組合、学生、市民の、時には約一〇万人のデモ隊が国会議事堂を取り巻いて、それはそれは大変でした。

僕は、入学したばかりで、安保条約を読んだこともない。だって、受験勉強が終わってやっと入学したばかりでしょ。それでまず、安保の問題よりも、彼らの信奉している共産主義・社会主義とは如何なるものかと思い、それらの文献を岩波文庫で一生懸命になって読みました。マルクスとエンゲルスの『共産党宣言』とか、エンゲルスの『空想より科学へ』などです。

大学内では、連日学生が『いざ闘わんいざ、奮い立ていざ、ああ、インターナショナル、われらがもの』という歌を歌って、我々の授業中にも外でデモッていましたし、頻繁に集会が開かれていました。ある集会に出たら、当時マスコミでも有名になった文学部のある助教授が『現在の我が国は、ロシア革命の前夜にそっくりだ』と話していました。

それでも、僕は、そんな一、二冊を読んだからといったって、十分な理解を得た気などとてもしないし、第一自分が学生の未熟な身分で社会の変革をするなんて、およそ考えられなかった。まあ、ノンポリ学生だったのですが、一度デモ隊に加わってともかく様子を見てみようと、入学した直ぐの四月二五日の安保反対の統一行動デーにキャンパスから国会議事堂まで歩いたのです。六人くらいづつスクラムを組んで何列あったか分かりませんが、その中に加わって。まあ、野次馬ですよ。途中渋谷の南平台の三木武夫氏、後の首相ですね。その邸に寄って門前で、デモ隊は『安保改定反対、岸を倒せ』などと気勢を上げていました。もちろん僕は何も叫びませんでしたけれどね。霞が関の国会議事堂前までいくと、警察や機動隊が議事堂に向かう上り坂の両側の歩道に鉄かなにかの盾でバリケードの塀を作っている。その後ろは数百人の彼らが控えているのです。その左右のバリケードの中、車道の中央をデモ隊は進むのです。そして到着すると座りこむ」

そこまで来ると、君子の目はきらきらと輝いているように健吾は感じた。「ああ、凄いですね。それでどうなりました」、「前方には、装甲車が横付けになって、ここからは一歩も前に進ませないぞと構えている。デモ隊の学生は我々ばかりでない。W大、M大、C大などのデモ隊が次から次へと到着し、『安保改定反対』とシュプレッヒ・コールを繰り返す。僕は一時期有名になった全学連委員長の唐牛健太郎も身近に見ましたよ。僕は前から五列目くらいにいましたから。彼はいい男でしたねえ。なかなかの美男子でした。彼が装甲車の上に登って、大演説をぶつのです。やがて何か言って装甲車を乗り越えていった。しかし、数分後彼は血まみれになって放り返されてきましたよ。そうこうするうちにも次から次へと到着する大学のデモ隊のリーダーが『我々は、全学生の先頭になって闘うぞ』などと叫んでいました。そうですね。二時間あまり経ちましたかねえ。僕はそんな情景に飽きてきて、立ち上がり、他の方はどうかなと、さらに別の通りの方に行きました。そうしたら、向こうからS予備校のデモ隊がやってきました。何とデモ隊のスクラムの一歩前に、リーダーとして進んできたのが、高校の同級生でした」、『おいおい、おまえはこんなことをしないで、もっと勉強しろよ』と僕は言いたくなってねえ」、「まあ、面白いこと」と君子が笑った。

「その日、夜になってニュースを聞くと、学生十数名の活動家が逮捕され、百名あまりの重軽傷者が出たと言っていました。T大文学部の樺美智子さんが死亡したのは、二ヶ月後の六月一五日のことです。結局、あの安保改定は強行採決の後、自然成立し、岸首相が退陣して、あの国民的反対運動も潮が引くごとく静かになってしまいました」

「そして次は一九六九年の大学紛争です。僕は大学院博士課程の三年で、全共闘議長の山本義隆氏は同学年生でね。学部学科が異なっていたから、彼と話をしたことはないんですが、物理の講義でたまたま隣りに座っていたこともあった。彼が進んだのは秀才が集まると言われた素粒子の理論専攻の研究室でした。大阪の金持ちの息子だと聞いていまして、だからあそこまで一時的にも跳ね上がれたのかもしれない。闘争の時、既に結婚していて彼の奥さんが安田講堂に籠った彼に弁当を届けている写真記事が新聞にも載りました。僕は博士論文の実験と解析でそれどころじゃなかったんですが、僕の実験をしていた施設は、メインキャンパスから一〇〇メートルくらい離れた弥生キャンパスにあったのです。研究室はメインキャンパスにあって全共闘一派の社学同か社青同かの連中に占領されてしまいました。安田講堂攻防戦というのも、僕は閉められてしまっている弥生門の外から眺めていました。

まあ、あの頃の大学紛争というのは、ヨーロッパやアメリカでも起こった大きな波だったのですが、日本の場合はT大医学部の研修医の制度、無給で大学内で働かされるという事態に対する改善要求から発したのですが、それがやがて大学人の既得権にあぐらをかいた退廃に対する批判といった風に全国の大学に運動が拡がっていったんです。しかし、最後の方は、ゲバ棒などによる運動の分派同士の暴力、浅間山荘事件に至るような凄惨な内部抗争などで、世の中からも相手にされなくなりましたよね。

それはともかくとして、安保反対闘争、大学紛争と、僕の友達でも、あれで運命を狂わされた学生は沢山います。まともな就職ができなくなって。また、一方で昔からいるんですけれど、学生運動の左翼的指導者であって、後年右旋回し、一時期、保守の論客として名をなしたような人もいます。もっとも山本氏はS予備校の物理の名物教師になって、後に物理学史の立派な本を書いて大佛次郎論壇賞を取りましたけれどね」。

健吾はこんなことを喋りにきたのでは全くなかったのだが、ついつい熱中してしまった。若い時の経験、思い出は、その印象が強烈で忘れ得ないのだった。

一方で、健吾は君子が時事問題にまで強く関心をもっていることに、やや意外なものを感じた。それで聞いてみた。「君子さんは、社会問題にもいろいろ関心がおありなんですね。女性には珍しいですよね」と言うと、「私、学がないでしょ。だから、主人からいつも『新聞だけはよく読め』と言われて来たんですの。若い時には、それこそ毎日すみからすみまで読みましたわ」と君子は言った。

「そうですか。ふーん、なるほど。いい御主人だったのですね」と健吾はゆっくり考えながら言った。一〇歳も年上だったら、彼女は夫を人生の先達として、その言うことをひたすら信じ、あの手紙の「真面目に誠実に勤めようと思って居ります」の言葉のとおり一生懸命努力したに違いない。そして、もともとの優れた素質があって、どんどん知識と教養を身につけていったのだろう。それにしても、夫を「いい人でした」と淡々と言う彼女はなんと心の麗しい女性なのだろうと、健吾は感に堪えなかった。

「私、一時、樋口一葉の作品にのめり込んだことがありました。彼女の作品が好きになって随分読みました」、「ああ、そうですか。僕は昨年春に、女房と共に、今度新たにできた新宿区の『漱石山房記念館』に行った後、早稲田から都電の荒川線に乗って台東区にある『一葉記念館』に行きました」、「いいですね。東京は何でもあって。静岡のような田舎だと……」、「でも、君子さんの住所の静岡市清水区というのは、いわゆる清水港の清水でしょ。あの次郎長の」、「ええ、そうです」、「次郎長の大政、小政というのは、ご存知ですね」、「ええ」、「あれは、そもそも、次郎長は本名が山本長五郎と言ったのですが、子供がいなくて、小政を一時養子にして、山本政五郎と呼ばせていたところに、大政が次郎長一家になった。彼の本名が山本政五郎だったので、背の高さの違いから、小政、大政と呼んだのだそうです。主だった子分では森の石松が戦闘で最初に死んだのですが、次郎長は子分たちよりずっと長生きして」、「まあ、古賀さんは何でもよく御存じなのね。次郎長は明治時代にやくざ稼業をやめて、地元で随分、いい仕事をしたと聞いています」、「そう、なにか、役人のような立場になって治水とか、いろいろ工事を請け負ったりして、地元にいろいろ貢献したようですね」。

Ⅶ

「実は、今日、僕の別の二冊の本を持って来たんです。君子さんが目が悪いと言っていたからどうしようかなってずっと迷って遠慮していたのですが、それもたいしたことはないとお聞きし、読書が大好きでいるようだから」と健吾はカバンから、彼の随筆の三冊目の本と、五冊目の本を取り出した。

「まあっ」、「どれにしようか、いろいろ考えたのですが、一冊目と二冊目は前に送りましたよね。この三冊目は、いわゆる時局ものを初めて書いたんです。『政治と政治家』とか、福島の大津波、原発事故の後に書いた『日本の原子力問題』とか、日本経済新聞の『私の履歴書読後感』とか。それと、この『書き出しの名文』には、先ほど言われた樋口一葉の『たけくらべ』の冒頭なども含まれています」、「まあ、あのなんて言いましたっけ、回れば大門の見返り柳なんとかっていう文ですか」、「ああ、よく覚えておられますね」、目次を見せながら健吾は本当に楽しくなった。

「それと、五冊目は、ここに『男と女の違い』という節があります。これは僕の男女観の総括です。こんなのは君子さんにとっても、面白いんじゃないかと思ったのです。また、僕は現代詩人の茨木のり子の詩が大好きなんです。もう一〇年以上前に亡くなりましたけれど。ここにほら『ある日の文学散策』というのがありますが、これに彼女のことが書いてあります」、「えっ、あの『わたしが一番きれいだったとき』を書いた人ですよね」。この言葉を聞いた時、健吾は、一瞬なんという女性だろうと、本当にびっくりした。あの詩は、彼女が年頃の時に、太平洋戦争が起こり、男たちはみな戦場に駆り出され、彼女は相手を見つけることもなく青春が過ぎていったことを嘆く詩で、彼女の詩では一番有名なものであった。もっとも彼女はその後医者と結婚をして、子供は出来なかったが、幸福な生活をおくった。しかし、五〇歳まえに夫を亡くし、以後ずっと詩人として活動した。そんな茨木のり子の名を知っている人なんて、めったに居ない。

「ええ、そうです。僕は彼女の『自分の感受性くらい』という詩が一番好きなんです。「なにごとも人のせいにはするな、自分の感受性くらい　自分で守れ　ばかものよ」っていう詩なんですが。彼女の詩はいつも凛としています。きっと興味を持って読んで戴けると思いますよ」。

彼は本当に本を持ってきてよかったと思った。さらに「それと、僕、あらかじめ静岡県の図書館に僕の本が入っているかどうかネットで調べたんです。そうしたら、清水中央図書館に、お渡しする本と異なるものが四冊ありました。僕はそれをメモしてきましたので、さらに読みたくなったら、どうか図書館で借りて下さい」と健吾は小さな紙片を渡した。

「まあ、いろいろ本当にありがとうございます」と彼女は言った。健吾はあらかじめ考えていたことが、ことごとく当たったという感じで、心が弾んできた。

しかし、やがて店員が「あの、ここでは一時間というのが限度となっておりますので、申し訳ないのですが」と言ってきた。健吾は「じゃ、しょうがない。外で」と彼女をうながし、レジで支払いをすませ、ビルディングの通路を見ると、いろいろな店が並んでいて、一方にどの店にも属さない腰掛けられる台がある場所があった。ほとんど人のいないがらんとした明るい照明のある通路で、彼はゆっくりと彼女をそこへ誘導した。「ここだったら、ビルの中だし、寒くないし、風もないから、ここで話しましょう」と。そしてさらにそこでまた、いろんな話を数十分した。

「ああ、そうだ。君子さんは最近はベートーヴェンの『田園』が好きだ、と言っていましたよね。あの清水中央図書館にある、僕の本、確か八冊目の随筆だったと思いますが、あの中に僕の好きな音楽家としてベートーヴェンのことを、彼の人生と共に書いた一節があるんです。それを是非読んでみてください。彼の音楽はもちろんですが、僕は彼の人生に実にうたれるんです」、「そうですか、それなら是非いつか」。

健吾は、駅の方を見ながら「ああ、ここは熱海かあ。小津安二郎の映画を思い出すなあ」と言うと、君子は「ああ、あの『東京物語』ですね。たしか杉村春子に『温泉にでも行ったら』と言われ、夫婦で熱海に行くんですよね」、「そう、だけど旅館は温泉客のどんちゃん騒ぎでよく眠れない」、「確か二人で散歩している時に奥さんがフラフラッと気分が悪くなって」、「そうそう東山千栄子ですよね。あれが後のあらすじを予感させているのですよね。笠智衆はあの時まだ五〇歳にもなっていない四〇歳台の後半だったんだそうです。背中に何か入れて猫背にして老人を演じて。……でも杉村春子は本当に名女優でしたね。杉村春子は最初声楽を目指して、上野の音楽学校だかに二度落ちているんですよ。それでがっかりしていたら、友達に演劇に誘われて、それがきっかけで演劇に進んだそうです。僕は彼女の『私の履歴書』で読みました。えーっとさっきお渡しした私の本に書いてあります」、「ああ、そうなんですか」、「杉村春子の演技の中で、僕が一番印象深いのが、『麦秋』の中の場面です」、「私はその映画は見ていないわ」、「それはこういう場面です。いつも心の中で望みながら遠慮から言い出せなかった想い、隣人の紀子が、妻に先立たれた自分の子持ちの息子と結婚してくれれば、という望みを思い切っておずおずと告げて、それに対し紀子が『おばさん、私でよければ』の言葉を聞いた時の、彼女の演技は感嘆すべきものです。『えっ、あなた、本当、本当ね、本当なのね』という真剣な、そして心からこみあげてくる喜びの気持ち、『ああ、物事は言ってみるものね。ああ、よかった、本当によかった』と小躍りしたくなるような感情を抑えきれない母親像は、僕の見た女優の演技の中で、最高でした。そして音楽がいい」、「ああ、私も是非見たいわ」、「ビデオ屋で借りて来るといいですよ。必ずあります」。「僕の友達で、昔、朝日新聞で記事を書いていた、小津気違いがいるんですよ。今は文筆家としてあちこちの雑誌に書いているんですが。今でも下町のほうなのかな、『小津愛好会』か『小津研究会』みたいなものがあって、彼もその一員で彼からいろんなことを聞きました。

原節子が小津を慕っていたのは確かで、小津が六〇歳になった当日に独り身のまま亡くなって、彼女はその日から、完全に映画界から引退し、最後まで公衆の前には姿を現さなかったですよね。一昨年かその前にか、九十何歳かで亡くなりましたが。まあ、小津に殉じたということですね。

一方、小津がどうだったか、というと、彼の好みは原節子でなくて、実は若い頃からなじみであった小田原に住んでいた芸者さんだったそうです。彼女は小津が亡くなった後は、北鎌倉の円覚寺にある小津の墓に人知れずお参りをして花束などをささげていたそうです」、「へえーっ、そうだったんですか」。

「なにしろ『晩春』、『麦秋』、『東京物語』の紀子三部作はみんな傑作です」、「紀子三部作というのは?」、「あの三つの作品は、いずれも原節子、笠智衆、杉村春子、また三宅邦子が出て来て、原節子が演じる主人公の名前がどれも紀子っていうんです」、「はあ、そうなんですか」……。そんなことを健吾はいろいろ話したりした。

しかし、こんなことを話しだしたらきりがないと思い、健吾は話題を変えた。

「君子さん、サミュエル・ウルマンの詩を御存知ですか」、「ええ、あの『青春』の詩ですね」、「人は、年を重ねることでは老いない。情熱を失う時に初めて老いる、っていう例のやつですね。あれは年寄りに実に勇気をもたらしますよねえ」、「そうですね。私も大好きな詩です」、「あれは、彼がためていた詩を八〇歳の時に発表した時に、含まれていたんだそうです。だから、何歳の時に書いたのかはわからないんですが。私たちもあと数年で八〇歳ですよね」、「そうですわ。もうほんの二、三年」と言って二人は静かに笑いあった。「振り返ってみれば、人生は本当にあっという間ですわね。これから、私たちいつまで生きられることか、いったいどうなるんでしょうね」。

健吾が、ふっと時計を見ると、もう四時を過ぎていた。「あっ、そろそろ帰らないと暗くなりますね。では、もう帰りましょうか」、「あっ、ほんと、そうですね。そうしましょう」と言って、二人はゆっくりと立ち上がり、ビルから出て熱海駅に向かった。夕陽のさす駅で「私、新幹線の切符は既に買ってありますの」という君子に、「それでは僕は東海道線で小田原に行きますので、ここでお別れですね」、「もう本当に今日はお世話になりました」と深くお辞儀をする君子に、健吾は「いいえ、とっても嬉しかったです。貴方のこと、いろいろわからなかったことをお聞きして、僕も、すっきりしたし、今後ともよろしくね」と言うと、君子は「私、目が悪くなってお手紙を書くのが、よくできないので、いつもお礼の文を書けずに、すみません」と言った。「いや無理をすることはありません。また気が向いた時にお電話下さい」、「そうします。では、今日はいろいろ、とっても楽しかったわ。ほんとうにありがとうございました」、と話し終わって彼女は彼に背を向けた。

君子がゆっくりと杖をつきながら、しかししっかりした足取りで新幹線のホームに向かうのを健吾は見送った。そして、自らもやがて別のホームへの階段に向かい、ゆっくりとそれを昇っていった。

（完）

「語らい」

二〇一九年の師走の日曜日、高校、それは国立大学の附属で男子校であったのだが、恩師の告別式が世田谷であった。亡くなられたのは国語の教師の石田城之助先生で九〇歳の大往生であった。先生は東京大学の国文科卒業で健吾が高校に進学した時に二〇歳台で赴任され、以後三年間彼の学年のクラスの担任であった。特に先生の講義は素晴らしく、高校進学直後の四月の授業で、藤村の若菜集の劈頭の序文、「遂に、新しき詩歌の時は来りぬ。そは曙のごとくなりき・・・」の解説から始まって、「わきてながるゝ　やほじほの　そこにいざよふ　うみの琴・・・・・・とほくきこゆる　はるのしほのね」という「潮音」という詩の解説は健吾にとっては今だに忘れ難い名講義であった。先生は、山岳部の顧問で、生徒たちと多くの山に登山され、またお酒の大好きな方であった。健吾は藤原宏之や野島聡と三人で先生を囲み先生の自宅のある祖師谷大蔵の飲み屋で、何回か歓談したことがあった。先生は焼酎専門で、飲んでいる時にどんなに勧めてもつまみに手をつけることはなかった。帰りには近くの自宅まで皆で身体を支えながら送りとどけるというのが、毎度のことだった。毎年催している同期会にはずっと出席されていたが、ここ二年ばかりは体調がわるくなり欠席されていた。

その日は穏やかな晴れた日で、午前一〇時半から告別式が始まり、最初に、スクリーンが下ろされ、音楽とともに先生の生前の数々のスナップ写真が写された。それから一時間ほど僧侶の読経のなかで参列者約六〇人の焼香が行われた。出席者の大部分は中学や高校の教え子だったと思われる。その後、出棺で親族は火葬場に向かい一同は解散となった。最近はこのようなスマートな告別式が多くなってきていて、健吾も同様なことを数度経験している。

以前は直来（なおらい）といってそのあと列席者には食事が供されることが多かったが、最近はあまりない。教師の場合、出席者はどのくらいか把握しにくく、人数が不確定で、あまり負担のかかる供応はしづらいのだろう。係に土曜日の通夜はどうであったかと聞くと、倍の一二〇人くらいであったとの事、それはまだ働いている現役の多忙の人たちが多かったからと思われる。

健吾と同じ八期の連中は一〇人余りであったがちょうど昼近くになったので、皆で最寄りの駅にいって昼食をとろうということになった。バスで、二〇分あまり、そこで、午後も予定があるという友とは別れ、どこでもいいからと残った八人が一緒に入れる場所を探した。中華レストランにスペースが開いていたので一同はそこに入った。

そこで、まず飲みたい組と、飲みたくてもドクターストップのかかっている者および飲みたくない者の二組に分かれ、丁度四人づつであった。この歳になるといろいろ身体の調子が悪くなり、医者から禁酒を言い渡される友も増えて来る。飲まないほうに、健吾と長らく親しく、同期会の幹事を長らく務め、健吾が会長に祭り上げられた母校の温泉同好会、「駒八温泉会」の事実上のとりまとめ役でもあった野上正毅がいた。彼はＪＲ青梅線と五日市線に挟まれたあきる野市菅生の大地主の息子で、彼の広い屋敷で、二年に一度、田舎歌舞伎が行われ、健吾たちは何回も出かけて行き、その後彼の旧庄屋の邸宅で皆で酒宴が催され、いつもとても楽しかった。彼は長らく胆管がんを患い、昨年は二度ほど短時間意識を失ったと述べていた。「俺ももう長くはないと思う。

古賀さん、執筆はもうおしまいと言うけれど、今度は随筆でなくて小説を期待しますよ」などと語りかけられた。「いやぁ、小説は私には無理ですよ」と健吾は答えた。あとから考えると、健吾にとって、この言葉が彼の最後の印象的な言葉だった。都心から遠い青梅市で行われた彼の告別式に健吾が出席したのはそれから二ヶ月後だったのである。

皆は、昼なので簡単なセットの中華料理を個別に頼み、飲みたいほうは、紹興酒のボトルを一本注文した。健吾はもちろん飲みたいほうであった。献杯の発声とともに歓談が始まった。今日の式、喪主の挨拶、石田先生の思い出など、思い想いの気持ちを皆で述べる。ひととおり話がすむとやがて雑談がはじまる。健吾と一緒になったのは、現在同期会の幹事である金井義雄、かってながらく幹事をしていた野島聡、そして無口の小柳寛治であった。健吾自身は以前は同期会の幹事を二、三年勤めたが、ここ五年余りは藤原や大倉俊彦などと共に同窓会の八期の幹事を務めている。年数回の母校で開かれる同窓会の会には出席しているが、もう会長が一五期くらいで運営は若い連中が中心なので気楽に出席しているだけである。なにせ、健吾たちの孫と近い年齢の在校生まで出席している。

金井と野島は健吾と共に、同じT大に進み皆工学部であった。小柳も他の国立大学に進み、通産省の附属研究所で長年勤めた。精密機械工学科を出た金井が「俺はそもそも関東にいたかったので日産にいきたかったのだけれど、先にそこに手を挙げた奴がいたので、名古屋のトヨタに行くことになった」などと話した。「よかったじゃないか。日産の最近はカルロス・ゴーンなど、ごたごたがあって。トヨタは日本一いや世界一の自動車会社だぜ」と野島が言った。「まあ、人間の運命はわからんものだよな。おかげで同期会はずっと出ないで、定年になって東京に戻って初めて出て、そしたらしばらくして幹事をやれということになったんだ」と金井は笑った。健吾は「君はトヨタ系の自動車会社に居て、後に小会社『トヨタホーム』の社長になった荒川と言うのを知っているかい」と金井に聞くと、「ああ、知っているよ。彼とは、ゴルフをやったことがある」、「彼は、俺と同じ小学校の出で、親しいんだ」、「大柄なゆったりした感じのK大出の男だろ」、「そうそう」などと言葉を交わした。

野島は応用化学科を出て、電気化学の昭和電工に入社した。昭和電工は、創始者である森矗昶(のぶてる)が有名で、健吾はその人を主人公にしてその奮闘ぶりを描いた城山三郎の小説『男たちの好日』を読んでいた。健吾は今度は野島に「小野塚というのは知っているかい。俺と同じ原子力工学科を出て昭和電工にいった飄々とした男だけれど」と言うと、「ああ、知っている。知ってる。彼とは入社して、すぐ同じ川崎工場に配属されたんだ」と答えた。工学部全体で、五百人近くの同期卒業生が居た筈で、健吾は大学の研究所に進み、会社には勤めなかったのであるが、世の中、実に狭いものだなあとつくづく思った。

金井は「俺が最近、非常に腹立たしいことがあるんだ。この頃のテレビで母校のT大の学生が、クイズ番組に出て、その雑知識を振り回して、遊び呆けているだろ。とんでもないことだよ。学生ならもっと勉強しろ、と言いたいよ」と真面目な顔で言い出した。「だって、T大のような国立大学は、大部分、国民の税金を使っているんだぜ。それを何だよ。あのざまは」と。

野島が「俺も同感だ。いい気になって得意がっている学生も悪いけれど、マスコミも悪いよ。学生が優秀だという先入観で、おだてるだろ。あんな単に記憶力がいいというだけの話で、調子にのる軽薄さは許せないね」と同調した。「制作側からみれば、なにしろクイズ番組というのは、安上がりだし、事前にたいした準備もいらず、楽なんだよな」、「最近はT大でも十数人だけれど推薦入学があるそうだ。よく出て来る可愛い女の子がいるだろ。彼女はその口らしい」、「そうなのか。むかしは総長の子供だって試験に受からなければ浪人したというのになあ」と彼らは言った。

健吾はかつて自分たちが在学中のもう五五年くらい前にT大の法学部教授であった政治学の丸山眞男氏が、ある本で述べていた言葉を思い出していた。「日本の大学の良い所は、入学に公平感のあるところです。イギリスではケンブリッジやオックスフォードでも父がその卒業生であると有利です。アメリカのハーバードでは、金を積めれば入学できます。しかし、日本のたとえばT大では、入学試験でよくなければ、どんな家系、経済力があっても、入学は許されません。これは世界的にもむしろ珍しいのです」と彼は述べていた。

健吾ははっきりは知らないが、たぶん、ケネディ大統領などは、父が大富豪であったから、ハーバード大出ということであったのではないかという気がしていた。あんなに恰好だけはよかったが、次々と女遊びをするような政治家は、めったに居ない。有名人に弱かったマリリン・モンローなども彼の情事の対象であったという話もあるようだ。彼の有名な就任演説の「国から何かをしてもらうのではなく、国に何ができるか、を考えよう」というセリフだって、彼が書いたのではない。側近が書いたのを彼が読みあげたのは、あまりに世に知られた事である。

健吾は「まあ、俺たちは大したほどのことをしてきたわけではないけれど、それでも、みんな終戦後、親たちの苦労を見て育ち、高度成長時代を諸君のように猛烈社員として、過ごしたわけだよなあ。こういう話がある。昔、土木工学の研究者で古市公威（こうい）という男が居て、日本の土木工学学会初代会長であったけれど、明治の早い時期に彼は日本からパリに留学して、西欧の進んだ技術を必死になって勉強した。下宿のおばさんが『そんなに勉強してばかりいると身体をこわすよ』と心配して言った時、彼は『私が一日休めば、日本は一日遅れるのです』と言ったそうだ。僕はこの話を司馬遼太郎の本で知ったのだけれど、実に素晴らしいし、また驚く話だ。我々はそれほどの時代ではなかったけれど、それなりに努力した。まあ、今は科学技術は発展し、日本は繁栄して安定している。だから学生どもの無気力さというのも、半分は目標を失っているからかもしれないなあ」と話をした。

「たとえそうでも国立大学の学生が遊び呆けているのは許せない」となお金井が言った。野島は「私立だって政府から補助金をもらっている。我々の時代に比べて、今は国公立と私立の授業料はそんなに何倍も違ってはいないようだ。データによると、T大の学生の親家族の収入は、私立大学の親よりかなり高いということらしいね。我々は親がそれほど裕福でなかったから、国公立にいければ親孝行だったけれど、今は小学校からの受験勉強なんかで家庭教師を雇ったり、塾に入れられる裕福な家庭の子供たちばかりが国公立に入れるという時代になっているらしい」と言った。

野島の父も健吾と同じように、公務員であったと聞いていたから、貧乏というわけではないだろうが決して裕福な家庭ではなかったはずだ、と健吾は思った。

こんな風に談論風発の一時間くらいを過ごし一同はレストランを出た。駅で、皆は「ではよいお年を」と言いながら散会したのである。

健吾は帰宅して、告別式の様子、その後の友達との歓談の様子などを妻の節子に話した。健吾が、金井の憤懣やるかたない話をした時、節子は「私も同感だわ。テレビには大学対抗戦とか言って、クイズ合戦で多くの学生が出て遊んでいる番組さえあるのよ」と言う。「へえっ、僕は見たことないけれど」、「大学側は何の規制もしてないのかしらね。私は大学がそういうことは禁止すべきだと思うわ」と節子は言った。

さらに節子は「私なんか、教授が休講というと、非常に腹がたったわ」、「ふーん、僕は休講となると嬉しかったけれどね。なぜ?」、「だって、私たちは高い授業料を払っているのよ。私は年老いた貧乏な母に育てられたし、それで授業がなかったら授業料は丸損よ。それに女子大には、よその大学から講義に来て稼いでいる人も居たの。ある人は女だからと、まるっきり熱意のない講義もあったのよね。そういうのがあると、余計に腹がたったわ」と節子は力を入れた。

「そう言えば、僕はこういう話を聞いたことがある。ある大学の教師が、女の子に講義をしたって、彼女たちは専門家になるわけじゃないし、結局、自分の話す内容なんて、夫婦の寝物語りの材料になるだけだと思うと一生懸命やる気がしない、と言うんだ。そういう面は確かにあるよね」。

「そんなこと言ったら男はみんな専門家になるの？　そうではないでしょう。大部分の学生は、単に何何大学卒というレッテルが欲しいというので、単位を取得して卒業している。社会に出たら、大学で習った話なんてほとんど役に立たないでしょう」。

「それは専門分野に依るんじゃないかなあ。自然科学系の場合は、大学で学んだことだけでは、とても不十分だけれど、一応の基礎にはなっていると思うよ。文系の場合はよくわからないけれど、法学系なんて、裁判官、検事、弁護士なんかになろうという人には必須だろうね。でも普通の会社員にとってはどうだろう」。

「そちらの方が大部分よね。最近は第三次産業が断然多いから、サービス産業が多いでしょ。法学、経済学なんて、お堅い学問や知識ではなくて、人間関係をうまくやるというのが何よりも重要でそれさえあればだいたいのことはかたづく、と言っているような本が一杯出てるわよ。私もそんな本を読むと、その通りだろうと共感するわ」と節子は言った。

彼女は、最近は本を購入することは殆どないけれど、図書館に行って、中央公論や文藝春秋はしょっちゅう借りて来る。時には何冊かの単行本も借りて、時事問題などをフォローしているようだ。面白い記事があると、健吾にも「読んだらいい」と知らせてくれるので彼も随分助かっている。

「まあ、大学の教育というのは、基本的には知識の伝達だよね。僕は大学院での研究室の先生はいろいろお世話になったし、考え方でも影響を受けたけれど、学部の単に講義を聞いたという先生は習ったという、結局それだけの存在だったなあ。まあ、いろんな先生が居たね。一、二年の教養学部の時、どの単位をとろうかとチョイ覗きをしたら、自分の書いた教科書を棒読みしているような結構有名な老教授も居たし、もちろん僕はその授業は受ける気がしなくて別の科目にしたけれど。一方、自分の書いた教科書を買わせようとして、試験はその教科書の問題から必ず出すという噂の人も居た。まあ、大学人も今から考えると、その立場にあぐらをかいているような人も少なからずいたよ。そういう連中が大学紛争では、批判の的にもなったわけだよね。学生が大学の組織そのものを批判して大学紛争を起こしたのもむべなるかな、という気もしたよ。もっとも大部分の先生は真面目で彼らは教育熱心だったけれど」。

二人はこういう話になると、もうそれは半世紀以上も前のことだけれど、果てしがなかった。節子は「私は、まあ勉強が好きだったし、世の中で一応一番上の教育がどんなことになっているのか、偉いとされている大学の先生が教えることがどんなことなのか知りたかったから大学に行ったのよ。でも、そういう先生の様子を見て、まあ、あんなことかとだいたい分かったから、もうそれ以上、研究者なんかになろうとは思わなかった。日本の英文学者なんて結局、翻訳して外国の本の紹介でしょ。ああいうことだったら私でも一生懸命やればできそうな気がした。もっとも長く続くかどうかはわからないけれどね。それに私の場合は母親が年取っていたから、ともかく早く社会に出て給料がもらえる職業につかないといけないと思ったの」、「その点は君は頑張ったね。僕は両親が居て、大学院まで行ったんだけれど。でも、人間的に影響を受けた点から言えば、大学の先生より、その前の中学や高校の先生からの方が、僕の場合は大きかった」と健吾は言った。

「今日の葬式の石田先生が若い時、『君達、なんの文学が面白いかね。私は「万葉集の東歌」をしっかり読んでみたいんだ』と言ったことなどを思い出すなあ。いまだに僕は読んでいないけれど、そういう気持ちを先生は持たれている。そういう、人生に何か憧れをもち続けるということ、そんなことが人を魅力的にするよね」。

健吾は他にも中学の英語の浅原欣次先生が、授業中にコナン・ドイルのシャーロック・ホームズ物をいろいろ紹介してくれたり、生物の重松樫三先生が、菜の花の花弁をよく見なさい、これはアブラナ科で四枚だと教えてくれたり、生徒たちがイタズラをして授業が始まる前に解剖をしたネズミの死骸をピアノの鍵盤と蓋の間にいれておいて音楽の女性教師を驚かせたりした事件で、飛んできた重松先生が皆を怒鳴りつけたりしたことが懐かしく思い出された。そういうことは、子供達に、本当に愛情を持っていたからこそ、起こったのだろう。

そういう思い出や経験というのは、大人になってからの大学ではまず起こらない。なかには小学校でいい先生に巡り合い、その先生の影響でうちこむ一生の職業が決まったという例もある。

例えば、ノーベル化学賞受賞者の吉野彰氏は、小学校の先生にファラデーの『ロウソクの科学』を勧められ、それで化学が大好きになったとか、作曲の天才、古関裕而氏は、小学校の担任が音楽好きで、その先生に才能を見いだされ、ひたすら音楽の道に進んだということである。

だから、小学校、中学校の教師は非常に重要であり、大学の教師よりはるかに人への影響力は大きいのかもしれず、良い先生に巡り会った人は本当に幸せだと思う。そう言えば、と健吾は思い出した。石田先生は国語の先生だけに、健吾は自らの著書を出した折にはそれをいつも送っていたのだが、いつの時にか、石田先生が「古賀にとっては、木村道之助先生という素晴らしい先生がおられたのだね」と言われたことがあった。木村先生は健吾の小学校一年生の時の担任だったが、事情があって、それから先生が亡くなられるまでずっとお世話になり『我が人生、最大の恩師との別れ』という題で自著に書いたのだが、それを石田先生は読まれたのだと思った。

「ああ、これで僕の直接習った先生は、小学校、中学・高校、大学、大学院とすべて亡くなられたなあ」と健吾はあらためて深くため息をついた。

随筆集

御高齢の尊敬する先生たち

私は年取って来て、ときどき今の生活がどこまで続くのかと、ぼんやり考える時、いつも四人のお元気な人生の大先輩のことを思い浮かべる。それは。西村純、武田堯、飯沼武、有山正孝の四先生である。

西村先生には、東大原子核研究所（核研）のＯＢ会で初めてお会いした。田無市にある核研の創立は昭和三〇年（一九五五年）、学術会議が政府に勧告して作られ、全国の国立大学共同利用研究所の施設で、実験では最初の共同利用研究所であった。私が初めて五年の任期付きとは言え、そこの定職にありつけたのが、昭和四七年（一九七二年）でもう三〇歳になっていた。それには研究室の事情もあったのだが、他大学の出身者に比べると三年も遅れていた。やがて二五年後、私はその数年前、既に放射線医学総合研究所（放医研）に移っていたのだが、所の方針が変わって組織が筑波の高エネルギー研究所に吸収合併され、名前も高エネルギー加速器研究機構となったのが、平成九年（一九九七年）で、そこは素粒子、原子核、物性物理の研究を総合的に行うというものになった。今はかつての核研の建物はすべてなくなり、核研跡地は、田無市（現在は西東京市）の公園になっている。

入所したとき、研究所は、低エネルギー部（原子核物理）、高エネルギー部（素粒子物理）、宇宙線部、理論部とあったが、当時の所長は、私が所属した低エネルギー部出身の坂井光夫先生であった。先生は童顔で頭の毛も少ない、それこそ布袋様のような、いつもにこにこされている大柄の方であった。また、私が、直接ずっと長らく師事したのが、後に放射線医学総合研究所の所長になられた平尾泰男先生であった（注一）。

核研ＯＢ会は、核研がなくなって数年後に、この坂井、平尾、そして核研の宇宙線部の教授であって、後に宇宙科学研究所の所長になられた西村先生の三人で企画されたと聞いている。坂井、平尾両先生は既に亡くなられているが、西村先生は今も九〇歳を数年前に過ぎて御健在である。

2014年11月　核研ＯＢ会で米寿の祝いで花束を受ける西村純先生

ＯＢ会で温厚な西村先生に会って、初めて親しくなって、会うのは一年に一回、田無の料理屋で催される会の時だけであるが、私はメールで何回も先生と交信した。新たに本を出版するたびに先生に紹介したり、先生から簡単な読後感をメールで送って頂いたことが続いた。

若い時は先生は宇宙線部であり、私の属した研究部とは異なっていたので、話したこともなかったのであるが、先生からも、「核研の思い出」を書いた文章や、雑誌に出た自らの対談の記事などを送って頂いたことにより、私は宇宙線研究のあらましを知ることが出来て、とても興味深かった。

今から数年前、七〇歳台の前半の時であった。先生はメールで「私もいつの間にか年をとって、今年は米寿ですが、七〇代は人生の黄金期だと思います。七〇代に入ると暇もすこしできて、体力はあるし、好きなことができますが、八〇代になるとぼけも進み体力も落ちてきます。お元気にご活躍をお祈り致します」とあった。私はこの言葉を受けて、「そうだ、今が人生の黄金期だ」と、すっかり嬉しくなった。私はこの先生の言葉にどれだけ励まされてきたかわからない。

その後、太平洋戦争の初期に、乗艦が撃墜されて海上に漂っていたイギリス軍兵士約四〇〇余人を全員救助した駆逐艦「雷（いかづち）」の艦長、工藤俊作中佐のことを書いた節を含む本（注二）を紹介した時、先生は「この工藤中佐の話は若い頃からよく知っております。なぜなら彼が卒業した山形の興譲館中学は、私の卒業した高校だったからです」とメールで書いてこられた。

先生のご経歴を拝見すると、興譲館から仙台の旧制二高、東北帝国大学、その後、理化学研究所、神戸大学を経て、原子核研究所の創立の翌年一九五六年に入所されている。まさに創成期の研究所を知る今や数少ない先生である。

一方、武田先生については、二〇一四年だから、今から七年前になる。ある日、私は、武田先生に話をお聞きしたくなって、電話をして連絡し、先生の住まれている最寄りの駅、東海道線、神奈川の戸塚で降りて会いに行った。

それまで、武田先生とは、自著（注三）に関して、先生の書かれた本の中の図を使用する許可を得る為に、何度か手紙でやり取りをした事はあったのだが、一度も話をしたことがなかった。このとき、先生は一九二四年生まれだから、当時ほぼ九〇歳ということになる。先生も今も健在である。

武田先生は、驚くことに四〇歳台で原子核研究所の三代目の所長になられたが、大学紛争で所長は評議会委員でもあったため、形式的に辞任せざるを得なかったので、研究所で私が入所した時は既に東北大学に移られていた。もともと素粒子物理学の理論の先生である。私は大学院時代、先生の名著である『素粒子物理学』（宮沢弘成氏との共著、裳華房)を大学院の授業とは関係なく一人で精読した経験があった。

先生と手紙のやり取りをしたのは、先生の『脳と力学系』という本に関しての事柄であった。先生はこの時、既に一〇年前頃かに専門を変え、脳科学の権威となられていた。私はこのとてつもない凄い先生に会いに行ったのである。私は、世の中の評判とか地位に臆せず、自分がしたいことには相手かまわずぶつかって行こうと思っていたので、ノーベル賞をとった野依良治氏にも、野依氏の高校、大学時代からの友人、三菱電機の上田和宏氏（上田氏と野依氏は、灘高、京大で同期、ポン友であったという）の紹介で野依氏が務める科学技術振興機構の研究開発センター、市ヶ谷にあるビルディングの部屋に訪ねて行ったこともあった。センター長である野依氏は実にきさくで、日本の科学技術政策などに関して、私も率直な議論をして楽しかった（注四）。

私は武田先生とレストランに入り、最初は緊張していたが、やがていろいろな物理の話や脳科学の話を率直に話される先生に親しみを感じていった（注五）。そのうち先生は、「どうも年を取ると、皆さん、ボケてくるとか、根気が続かなくなると言われるけれど、私は一度もそんなことがありません。私の場合、どうやらそれは嘘ではないかと思っています。老人となると、頭脳の働きが弱ると言うのですが、私はこれから、そんな迷信にまどわされることなく、どこまで自分が頑張れるか、試して見たいと思っているのです」と話された。私は穏やかな顔をされていながら、なお、九〇歳を越えても人生に挑戦されていく先生に、驚嘆の想いとともに、実に励まされたのであった。

2014年6月、レストランで武田堯先生と歓談

私のような元来実験屋と異なり理論家であるからできるのかもしれないが、年をとっても、ゆっくりとだが着実に階段を一歩一歩昇っていくような先生の姿に深い感動を覚えた。そして、先生を思い返すたびに、年取ったら、あのように静かに淡々として、話すようにならなければいけないと、深く思ったのであった。

もう一人、以上の二人の先生とは、全く異なったタイプの先生だが、私が深く尊敬している方が飯沼武先生である。

飯沼先生は、私が五〇歳近くになって科学技術庁放射線医学総合研究所（放医研）に移ってから初めてお会いした。まだ私が放医研のことも良くわかっていない頃であった。非常に気さくな方で、ある時通勤の帰りがけであったか、ポンと肩を叩かれて「曽我さん、あなたは東大原子力工学科出身と聞きましたが、あそこに西野という教授がいたのをご存知ですか。私は飯沼と申しまして西野先生は親戚なのですが」と自己紹介された。

私は、「西野治先生ですか。えーもちろん、よく知っています。西野先生は、私が学部学生の時の学科の主任教授でした。えーと飯沼先生は臨床研究部ですよね」と答えたのであるが、私は西野先生には放射線計測学の講義を一年間受け、温厚な先生ではあったが、試験問題の一つに、ある真空管の特性曲線が提示され「この真空管を用いて、増幅器によく使われるカソードフォロワーの回路を設計せよ」というような問題が出て、試験問題に設計など初めての経験だったので、あとから考えると簡単な回路の一つではあったのだが、その時はどうしようもなく往生したのをすぐ思い出した。

飯沼先生は、「私は東大工学部応用物理学科の計測専攻だったのですが、西野先生はそこの電気計測の御専門でした。私はこの研究所に就職して、たぶん曽我さんより八、九歳くらい年上になるのですが」と話され、私は、そんな方が研究所の新参者で若僧の自分に自己紹介から話されるなんてと思い、随分吃驚したことを覚えている。あとで詳しくお聞きすると、飯沼先生の奥様が西野先生の妹の娘さんという関係であるとのことである。

そのうち、当時、飯沼先生は日本医学放射線学会物理部会の会長であることを、先生の学会での挨拶で知った。先生は、頭脳明晰で、いかにも俊敏な工学研究者という感じである。

先生は、学会でもよく質問され、また研究所の予算を巡る最高会議である研究総合会議でも積極的に質問および討論をされるので、だんだんに先生を知るようになった。

先生の為されたお仕事は、私はよく理解してはいないのであるが、大きな仕事としては、結核やがんに対する肺の定期検診で用いられるX線撮影に代わる新しいX線CT(Computer Tomography by X Ray)で、従来の輪切りの撮影方法に対し、ヘリカルCTを民間会社の協力のもとで研究、技術開発し、撮影の非常な高速化を実現したとのことであった。

2010年4月
飯沼　武先生

また、研究所の年報では、毎年、各研究部の活動実績の発表報告が巻末にリストアップされているのであるが、毎年、臨床研究部では飯沼先生が論文を多数発表されているのをいつも圧倒される思いで私は眺めていた。それには解説記事も多かった。

飯沼先生は、私が入所した数年後に定年を迎えられ、研究所では、その年に退官する人たちで、研究者であった人たちが中心となって、三月に半日を使って記念の講演をする会が毎年講堂で催されるのであるが、先生は自分のしてきた仕事の話を終わったあと、「それでは、私は今まで上からいろいろ評価を受ける立場であったのですが、今回は逆に私の知る限りの歴代所長の評価をさせていただきます」といって、微笑を交えながら過去の所長、塚本憲甫、御園生圭輔先生など、四、五人の評価を、A、B、(C)とランクづけ、その根拠を説明された。こんなことを、実に屈託なく為される先生を眺めて、ひょうひょうとしておられるが、自信に満ちた、なんと個性的な先生なのだろうと、感嘆した。

その後も先生とは、放医研の図書室で良くお会いし、なごやかにお話をさせていただいた。先生はずっと御専門の研究を続けられているようだった。私が二〇〇五年に最初の自著『自然科学の鑑賞 好奇心に駆られた研究者の知的探索』（丸善プラネット）を出版した時、私は先生に研究所の機関紙「放射線科学」に自著を紹介して戴くことをお願いしたところ、先生は「私でわかるかなあ。でもやってみます」と笑いながら答えられ、一ページの感想文を出していただいた。それは、「難解だが広範な視野、豊富な知識に敬服『自然科学の鑑賞』」という表題が書かれていた（注六）。書評の結尾で「理工系の卒業生や大学院学生の輪講の資料としては非常に適している」と書いて戴いた。先生はいつも非常に謙虚でおられたが、お陰で私は随分多くの所員に自著を購入してもらうことができた。

私が二〇〇五年頃に、放医研から日本医用原子力技術研究振興財団に主席研究員として移ったのであるが、そこでの「粒子線医療への人材育成の検討委員会」では、私が頼んで検討委員の一人としてお願いした。「私のような者で、お役に立つのでしたら喜んで」と言ってそれを引き受けていただいた。先生は、実力も実績もあるのにも拘わらず、いつも非常に控えめで、それでいて、非常にさらさらっと軽快にものごとを処していかれる。私は顧みて、自分はどちらかと言えば何事も構えて考えてしまう鈍重な熟慮型と思っているのだが、自分と全く異なる性格の先生に、いつも学ぶことが多く惹かれている。

先生は定年後は、臨床研究部の部長であった同年の医者の舘野之男先生との共同研究で、腫瘍の大きさがまだ五ミリ以内の早期の肺がん検出のためのX線CTの患者検診の実践結果の研究を長くやって来られていて、舘野先生が亡くなられた後も、この研究を、私と同年でテニス部でも仲のよかった松本徹氏や、病院の肺がん治療の主任であった宮本忠昭氏と長く継続されている。二〇二一年五月時点で、八七歳とのことであるが、現在でも先生は論文を書かれていて、発表すると私にメールで送ってくださっている。

何かの折に、先生は「私はクリスチャンです」と言われた。私はそれを聞いて最初「えーっ」という思いであったが、やがて、「そうか、先生のさわやかさというのは、そこから発しているのだな」と初めて先生の心の中心に触れたような気持がした。先生にその後、お聞きすると、大学生の時に洗礼を受けたそうである。そして、その後で「いやーっ、もう五〇年以上になりますが、なまぬるい信仰者でお恥ずかしい次第です」と付け加えられた。

その言葉がまた先生の御性格そのものだなあと、ひとしお感慨深かった。

私は、その後も、何かあると先生に相談し、お知恵を拝借した。元所長であった寺島東洋三先生から、ご趣味であった美術のデューラーの画について随筆文を書いたのでどこかに出版できないか、と相談を受け、私はあちらこちらの出版社に画入りの原稿を示して交渉したのだが、上手くゆかなかった。その時、ついに飯沼先生に相談し、先生は、ご自身でもよく投稿されている聖マリアンナ大学の機関紙を紹介され、無事そこに掲載された。今でも自分一人ではどうしようもなくなった時は、まず先生に相談を持ちかければよい、と勝手に思っている。先生は、現在は昔の学会から発展的に変化した日本医学物理学会の名誉会員になっておられる。

もう一人、私が尊敬している先生は、日中科学技術交流協会の理事長でおられる有山正孝先生である。先生は上記の三先生に比べて、ずっと後に、私が放医研定年後、同協会に大学の同期の山脇道夫氏に誘われて入会してからその謦咳に接するようになっている。先生のことは、自著『くつろぎながら、少し前へ！』内で「中国といかに向き合うべきか」で既に一部記述しているのだが、東大理学部物理学科で、有馬朗人先生と同期であり、既に九〇歳を超えられている。この協会は一九七七年に設立されており、初代の理事長が先生の父上である物理学者、有山兼孝氏であると聞いている。先生は電気通信大学の学長を務められ、現在四代目の理事長であるが、私も理事の末端に坐しているので、先生とは親しくお話を伺うことが多くなった。中国の現在は、習近平の独裁国家で、政治家の間の議論は一切なく、人権は無視され、鄧小平時代とは全く異なる様相である。また科学技術が急速に進歩して日本を追い抜く勢いをみせているので、協会の運営も非常に困難な現状を迎えている。

有山正孝先生

しかし、先生が何事にも非常に考え深く、若輩の私たちに対してもとても丁寧な姿勢を崩さない。稲穂は実れば実るほど、頭が下がるというのは、正に先生のことだと感銘を受けている。
このように、現在、私の直接の恩師はすべて亡くなられているのだが、それでも尊敬できる人生の大先輩、高齢の先生方を何人も持っていることは、非常に幸せだと思っている。

注一　自著『坂道を登るが如く』内、「研究人生の恩師、平尾泰男先生」

注二　自著『思いぶらぶらの探索』内、「雷（いかづち）の艦長、工藤俊作中佐」

注三　自著『自然科学の鑑賞』内、「複雑系の科学への挑戦」

注四　私は自著『自然科学の鑑賞』を持参し、野依先生からは、『事実は真実の敵なり』（日本経済新聞社、二〇一一年）を戴いた。

注五　自著『いつまでも青春』内、「心と、脳科学の進展」

注六　「放射線科学」四八巻一〇号（二〇〇五年）書評　飯沼武

明治神宮鎮座一〇〇年祭にあたって

明治神宮は、私にとって幼い頃からのなじみの場所であった。我が家は、神宮の北側、歩いて一〇分くらいで参宮橋の西参道入り口に到着する位置にあって、毎年正月の参賀日には、家族で本殿に参拝に出かけることも多かったし、一一月の文化の日は神宮の大祭の日で、西参道（当時は一三間道路と呼んでいた）の両側には、多くの子供向きの飾り物の出店や食べ物の屋台が並び、なかには、サーカスや、蛇使いの店、高さ一〇メートル位、直径一五メートル位の巨大な樽の内側をオートバイで走るといったような見世物もあった。

小学校の高学年では、ボーイスカウトに入っていたので、日曜日には、神宮の広い芝生の中で隊長の先生が持ってきた国旗用のポールに日の丸を掲揚し、訓練を行ったり、歳末から正月の夜間には、参拝客のため、参道の大鳥居の入り口から本殿までの間、数十メートルおきに設置された、薪によるかがり火奉仕に駆りだされて、一晩中、起きていたり、テントで寝泊まりしたこともあった。

それ以上に普段は、友達と樹にぶら下がって、はやっていた映画『ターザン』の真似をしたり、池でザリガニをとったり、高い樹で鳴いている蝉を網で捕まえたりする遊びの場であった。現在では管理が厳しくなり、公園ではない神聖な神社ということで、こんなことは及びもつかず、多くの芝生さえ立ち入り禁止のところも多い。

二〇二〇年は、明治神宮が設立されて一〇〇年目に当たった。明治神宮は、一九二〇年（大正九年）に作られたということである。神宮では、この一〇〇年の歴史を記述する大きなパネル表示板（文、写真、絵画による説明）が作成され、本殿の南側、内苑入口のある表参道側の道に、およそ一〇〇メートルに亘って展示されていた。これは私に、その前年に訪れた名古屋の熱田神宮のものを思い出させた。熱田神宮ははるかに古いから、説明は神話時代の伝承から始まっていた。三種の神器の一つである「草薙の剣」のある神社とされる。職員に聞いたら、まだここで誰も見たことはないと笑っていた。

明治神宮の歴史表示板

パネル展示は明治天皇が出生してからの歴史が簡潔に書かれている。明治天皇は一八五二年（嘉永五年）に生れ（ペリー来航の前年）、父の孝明天皇が早くに亡くなったので一八六七年（慶応三年）に一四歳で一二二代の天皇に即位した。翌六八年三月に「五箇条の御誓文」の誓いを為し、同年九月に天皇・皇族および多くの公家以下、一万一千人は京都を離れ東京に移っている。同月に元号を明治として明治時代が始まった。

妃の昭憲皇太后は京都の一条家からで同年に結婚している。以後、激動の明治時代、近代国家への変革が始まったのであるが、明治天皇は、明治五年の九州の西国に始まって一八年まで、「六大巡幸」といって、北海道を含め総日数二九四日、日本全国を六回に亘って巡り歩き、見聞を養ったそうである。

造林の作業の様子

大正9年　鎮座祭に集まった人々

明治四五年七月に天皇が崩御して、明治神宮の設立はほどなく開始され、大正九年に創建鎮座祭が催されている。代々木の場所が選ばれた理由は、そこは以前、熊本の加藤家、および彦根の井伊家の屋敷があったのだが、明治天皇が体調のあまりよくない昭憲皇太后を気遣い庭園としての休憩所を設置していたのでそこが選ばれたとのことである。

造林の設計に関しては、本多静六が代々木の荒れた地質を考え、よくある杉や針葉樹でなく広葉樹主体の種類を決めて「一〇〇年経ったら立派な森になる」という覚悟でことに当たったという。このような気持というのは凄いことだと実に感心する。この神宮の森を形成するには、全国からの約一〇万本の樹木の寄進と、当時の青年のべ一一万人の労働奉仕があった。

建築に関しては、当時の有名な伊東忠太（注一）、耐震構造で佐野利器（としかた）が当たった。そのような数々の苦心、苦労を経て明治神宮は創建されたわけである。

しかし、昭和二〇年四月、アメリカ軍の空襲で本殿消失、仮設のものが復興されて、私がたぶん子供の頃に最初に見た本殿はこれだったと思う。昭和三三年本格的な本殿が建設された。

少し離れた大鳥居前に、明治天皇が亡くなる前後の国民の写真が出ていた。

明治 45 年、皇居前で天皇の病状回復を祈る国民の姿

上の写真を見て、私は第二次世界大戦の敗戦の報を受け、同じように皇居前でうずくまる多くの国民の姿を写した写真を思い出した。また乃木希典夫妻の殉死、夏目漱石の腕に黒の喪賞を付けた写真も思いだした。

考えるに、現在の国民の天皇に対する崇敬の気持ちというのは明治天皇から始まっていると思う。それ以前の天皇家に対する意識は、神武天皇以来、歴史上の名のみの天皇であったり、後白河法皇や後醍醐天皇のように、権力に近付いた天皇はいるが、多くの天皇は、祭祀を司る神官の最高の地位に居ただけの存在であり、人格的に国民が慕う存在ではなかった。ただ、維新前後の天皇の綸旨をめぐる官軍、賊軍を巡る争い、昭和時代の天皇の統帥権を利用した軍部の跳梁など、常に政治に利用された側面はある。

しかし、人格的な意味で、天皇が国民の崇敬の的になったのは、明治天皇からではないかと思う。それだけ明治天皇は国民にとって親しい存在でもあったのだろう。そして私たちの世代にとっては、昭和天皇である。但し、天皇家に対する気持ちは、世代が変わるごとに著しく変わっていったように思う。私の親の世代では「天皇陛下、万歳」と叫ぶのはごく自然な人が多かったが、今は違う。私はそういう気持ちは持っていないことは、かつて記したし（注二）、太平洋戦争の時の昭和天皇の態度は、もう少し何とかならなかったのか、という思いは強く持っている。歳によるのだろうが平成天皇に対しては、皇太子という意識がいつも抜けなかった。ついつい友人と話していても皇太子という言葉がよく出てきてしまった。今考えると平成天皇が公的に自分の意志を表したのは、正田美智子さんとの結婚の時と、生前退位を主張した二回だけという風にも思い、気の毒な立場だなあとつくづく思う。現在の令和天皇になると、もうお雛様の人形という感じである。気品は申し分ない。しかし、あのような気品はどうしてできるのだろう、と友人と議論した時、「生活の苦労がないからだ。競争もなければ、失業の不安もない。みんな周りがしてくれる。我々だってああいう生活ができればもっと気品のある人間になったさ」と笑い飛ばしたのが結論だった。そして、少なくとも一部の人々にとっては、現在も天皇・皇族は尊い存在と考えているように思う。

そして、私は今回、一〇〇年祭の展示を見て、つくづく日本は神道の国だとの思いを新たにした。だから明治神宮は常に正月参拝客の数の多さで毎年一位なのである。何かあるたびに国民は、一番上に、無条件の極上の存在があるということに、非常な安心感を覚えているのではないか。私も、いくら政争があり、社会が不安になっても、人間というのは何かそういうことを超越する存在を求めているのである。これは宗教でもいい、神と呼んでもよい、道徳律でもよい、無上の愛かもしれない。そういう存在を人は必要としている。

これは、一方で子供の時から、我々が王子様、お姫様という言葉に、何か自分たちと異なる憧れを持つような教育というか、歴史から来る言い伝えの中で育ったことに関係している。童謡『月の砂漠』のような世界、「先のくらには王子さま　あとのくらには御姫さま　乗った二人はおそろいの白い上衣を着てました」というような世界である。古今東西、白雪姫、シンデレラ姫の物語、アンデルセンの『幸福の王子』、『アーサー王と円卓の騎士物語』、日本で言えば、天照大神、大国主命と因幡の白ウサギ、このような神話、おとぎ話などは小さい時から我々には自然に刷りこまれている。

多くの特に年取った女性たちは紫式部の『源氏物語』を今一度勉強したく思うらしい。こういうグループの話を、私は何組も知っている。私も一応と思い随分前に円地文子の現代語訳を通読したが、全部読み通して、こんなものはくだらないというのが私の感想であった。この点、私は内村鑑三が三三歳にして箱根で講演をした時に『源氏物語』を評しての言（『後世への最大遺物』内）、「あの様な文学は我々の中から根こそぎに絶やしたい（拍手）」という見解に、それほどいきり立つことではあるまいと思うが、半ば同調する。半ばというのは、与謝野晶子をはじめ田辺聖子、瀬戸内寂聴など多くの現代語訳を表した人たちを含め、日本の文学愛好者の女性の少なからぬ人たちが憧れをもっている作品だからである（注三）。人の好みは好みであり他人がいくら批判したところでどうなるものではない。ただ、一方で、私も光源氏のように、四人の妃（紫の上、明石の君、花散里、秋好中宮）を寝殿作りの家に住まわせて、毎日、異なる女と会って親しく話ができれば楽しいだろうなとは、想像する（いや、四人では済まないな、この歳になるともう少し多い気がする。これは冗談であるが）。

私がフランスに家族とともに二年間滞在した時、雑誌『パリ・マッチ』をよく買って見たが、それにはモナコのレーニェ三世とグレース・ケリーの間に生まれた娘カロリーヌの成人した写真が頻繁に大きく表紙に現れ記事が書かれていた。それはあたかもフランス革命で王室をつぶしてしまったフランス人がいまだ王室に尽きせぬ想いを持っていることを表しているように思われた。イギリスのダイアナ王妃も表紙をしばしば飾っていた。

日本の場合はもともと八百万の神の考えにもとを発しているから、他の宗教のように説教くさくない。神官が民衆を教え導くという行為に出ることはまずないし、彼等が自分が民衆より一段高い位置にいる人間と意識することもまずないだろう。これはキリスト教の牧師、仏教の住職、僧侶、他の新興宗教の教導者などとの著しい相違である。たぶん、日本人の最大公約数、それはそんなに多くの部分ではないにしても、それを、神道の歴史を背負う皇室に感じているのではないかと改めて思った。

注一　彼は橿原神宮、平安神宮、靖国神社など数々の神社建築を担当している。帝国大学助教授時代に三年間、中国、インド、トルコに留学している。他にも大倉集古館、湯島聖堂、また築地本願寺のインド風建築も彼が設計した。戦後に文化勲章を受章している。

その後、私は神宮再建にあたっての物語『明治神宮戦後復興の軌跡』(今泉宜子編、明治神宮社務所発行、二〇〇八年)に、さらに詳細な記述があるのを知って読んだ。特に新しい本殿の建設にあたっては、建築家、伊東忠太の弟子の角南隆が心血をそそいでことに当たったとのことである。

また、この本には戦後、地方の多くの団体、例えば明治神宮靖国神社献饌講、健児奉仕隊、明治神宮農林水産物奉献会といった人々が、戦後復興のために、産物を献納したり、建設に携わったことが書かれている。

余談であるが、私は子供心に、なんで文化の日に明治神宮の秋の大祭が行われるのか、祝日と重なって都合がいいからなのかな、と思っていたが、実はこの日は明治天皇の誕生日で、戦前から天長節、あるいは明治節として国民の祝日となっており、この日を文化の日としたのは、戦後であって順序が逆であることを知った。これは、戦前の祝日、新嘗祭を、名前を変え勤労感謝の日としたのと同じことで、神国日本を払拭するためのＧＨＱの意向があったためであった。

注二　自著『楽日は来るのだろうか』内、「立憲君主国としての日本」参照

天皇制そのものの是非についての、私の考えも記述した。生まれと家柄だけで、一生が決められる存在というのは、たとえ生活が国民の税金で養われても、不平等であるし、本人にとってどうなのか、とも思う。しかし、現在の国民の気持ちからは、長年の歴史での文化的伝統から、それを維持継続することが流れとなっているので、それを認めていくほうが賢明である、といったところである。

注三　読んでみて、私は光源氏に男として何の魅力も感じなかった。数々の女を追いかけまわし、くよくよとしてばかりいる彼はどうしようもない。またその地位のゆえに彼にくっついていく女達も情けない。もっとも、光源氏は、数々の異なる女を描写するための舞台回しの役をしているのに過ぎないという解釈が普通らしいので、彼自身の性格はそれほど問題にするべきものではないようだが、物語そのものが魅力のあるものとはおよそ感じられなかった。

国の軍事的防衛

日本人は、上の人、すなわち国を統べている政府の人を頼りにしたがる、というのは真実のような気がする。これは、長年の習慣である。社会評論家のような知識人は、こういう体制や、彼らの行動を批判するのが、職業的任務であるから、別であるが、一般の人は、そうではない。

これは、日本が基本的に古くから孤立した農業国であったことからであろう。農業にとっては、社会が安定していなければ落ち着いて作業ができない。これは狩猟などを基本とする民族、絶えず移動する必要のある牧畜民族等に比べて、一ヶ所に定住し、先祖からの土地を大事にする人々にとってはなによりも世の中の安定が望ましい。

また、日本は古くから職人の国である、という指摘も為される。一〇〇年以上続く組織は、世界に比べても非常に多い。この職人というのも、政治にはほとんど関心を持たず、ひたすら自らの技術に磨きをかけるからこそ、伝統的な多くの技術が育ち、守られて来た。

これは商業が基本である様な国、中国とか、オランダ、中東のレバノンなどとは、これまた全く異なると思う。中国人は、権力者は必ず変わるのであてにしない、「親族と金」しか頼りにしていない、それが華僑という強固な紐帯となっている、とはよく言われることである。

そして、なにか災害が起こると、日本人はまず政府が何かしてくれないと困るといつも考えるのである。私は東日本大震災の時のテレビ放映で、菅直人首相が、被災地を視察し多くの人々と話した後、帰ろうとした時、一人の男が「何だ。もう帰ってしまうのか」と首相に向かって文句を言ったのをよく覚えている。「お前はもっと何かするべきだ」と言外に言っているわけである。そんなに政治家がすぐ役に立つわけでもなく、実際は無数の人たちのボランティア活動もあったのだが、こういう言葉が、日頃から人々の意識の中枢を占めているのは、まぎれもない事実である。かつて堺屋太一氏が「日本人は、悪代官のような役人を、そのさらに上から成敗、処罰する物語が大好きで、水戸黄門、遠山の金さん、大岡越前守の時代劇はいまでも人気映画です」と言っていた。

これと同じようなことを、二〇一四年に八四歳で残念ながら亡くなった、元外交官の岡崎久彦氏が、彼の遺著『国際情勢判断半世紀』（育鵬社、二〇一五年）で次のように述べている。

「日本人は政府を信頼して生きていますから、いくら戦災で焼け野原になっても、原爆が落ちても、最後は政府が救ってくれると思っています。世界の人々は、いざという時に備え、宝石や貴金属を持つものですが、日本人は郵便預金で安心している世界的に見れば珍しい国民です」（注一）。

この本は、彼が八三歳の時、読売新聞が連載記事「時代の証言者」に彼を取り上げることにしてインタビューを各一時間、二二回行い、二五回掲載された。これを加筆修正して本にする作業をしようとしたところ、岡崎氏の病状が悪化し不帰の人となったので、読売の編集委員、岡崎研究所（注二）の人などが速記録を整理したものである。

岡崎氏は一九三〇年生まれ、祖父は農林相も務めた立憲政友会の重鎮で、岡崎氏は幼少の頃は祖父の持つ品川区大井にある敷地二千坪、使用人が一〇人以上いる広大な屋敷で育った。父は横浜正金銀行のエリート社員で、彼は兄、姉についでの三番目だった。二・二六事件の半年後に祖父が死に、区内御殿山に引っ越したがそこも立派な家で彼は白金小学校に入学。昭和一七年に旧制府立高校（七年制、卒業すれば帝国大学に必ず入れる進学校）、昭和二四年東京大学法学部政治学科入学、三年時に外交官試験合格、大学を中退し、二七年に外務省に入省、と絵に画いたような秀才コースを辿っている。

入省後、成績優秀者に与えられる特典で、すぐイギリスのケンブリッジ大学に留学し、三年目にイギリスの日本領事館に勤務し学生時代から知り合いの女性とイギリスで結婚している。帰国後は、国際協力局で二年間、フィリピン大使館、フランス大使館にそれぞれ三年間書記官として勤務、日本に戻った。六年後、アメリカ大使館参事官で二年間、この頃、日中国交回復、台湾切り捨ての政策が日本で進み、彼は牛場信彦駐米大使と反対論を展開した。しかし、どうにもならず、牛場氏は解任され、彼は大使館内で孤立した。そこで希望して彼は昭和四八年、四三歳の時、韓国大使館に移る。田中首相の政策に反対したのだから、本省に帰れるとは思っておらず、出世はもう諦めていましたと書いてある。ただ、私は一般に外交官が若くして政府の政策に反対を表明するというよ

うなことは滅多にないことであり、岡崎氏が非常に自分の意見に自信を持って行動したことにいささか驚く。彼は他の体制順応、ことなかれ主義の外交官とは異なり、国際政治に主体的に取り組んだということだろう。彼はこの頃から国家戦略を考え始めた。韓国大使館三年、私的な政策論を書いては、同期生などに送って意見を交わしていたという。同期の村田良平氏（後の駐米大使）の計らいで彼の後任にと、中近東アフリカ参事官として本省に戻ることができた。その後防衛庁に出向ということになる。そのころ、韓国駐在時代の考えをまとめた『隣の国で考えたこと』（日本経済新聞社、一九七七年）が日本エッセイストクラブ賞に選ばれた。やがて一九八〇年には『国家と情報』（文藝春秋）でサントリー学芸賞、一九八三年に『戦略的思考とは何か』（中公新書）を出版した。この本は三〇版、二〇万部以上に達するロングセラーになった。

この本を書いた由来を、「戦後日本では大学に戦略論や軍事論の講義がなかった事が示すように、軍事はタブーにされてしまいました。安保論議というと日米安全保障条約に賛成か反対か、といった政治議論です。そんな中で軍事戦略に踏み込み、正面から日本の国家戦略を考察しようとしたので大きな反響を呼びました」と述べている。

一九八四年に情報調査局の初代局長になったのだが、後藤田正晴氏ににらまれて外務省の出世コースからはずれて、サウジアラビアやタイの大使となったという。しかし、一見左遷に見える状況に対してもそれに不満を抱くよりそれを生かすという彼の柔軟さが際立つ非常に面白いものである。例えば、彼は次のように述べている。

「外交官はやはり、大使が一番やりがいがあります。大使の中で一番つまらないのは駐米、駐中国、駐ロシア大使です。これらのポストは、いろいろ国家の機微にかかわるから確かにおもしろいし、役人としては最高の地位です。しかし、いわば単なる使い走り、本省から言ってきた指示通りに実行するだけの伝書鳩です。これらの大使は個性を出してはいけません。……だから、個人の能力を発揮するにはその下のクラスの大使のほうが面白いのです」。

「退官後、近代政治外交史の執筆に取り組みました。……最低五年はかかると予想された歴史書執筆に踏みだすのは、かなり勇気が必要でした。……英訳もずっと進めており、其の費用は、……社長……会長が寄付してくれました。私自身がお金を持っていたのでは、こういうふうに使わなかったでしょう。金持ちの支持がない人は駄目です。金持ちが一所懸命やっている人を見つけて、その人に寄付するのが一番いいのだと思います」。

「私がアメリカ情報に自信を持てるようになったのは、ついここ数年です。アメリカ情報分析こそが私の生涯の課題であり、やっと八〇過ぎて解決しつつあるのです」と。

もっとも、彼とて、この本が出版された一年後にアメリカはトランプ大統領の出現となり、彼の知るオバマ時代とは、全く様変わりしたことなどは夢想だにしてなかったに違いないと思うと、政治というのは所詮多くの人の恣意的行動が次から次へと起こるので、予測は困難だとも痛感する。

安倍政権での集団的自衛権の憲法解釈変更の閣議決定は二〇一四年七月である。日本がそれを認めたら他国の国際紛争に巻き込まれるという野党の反対を、与党は国際的責任ということで押し切った。岡崎氏は二〇〇七年以来、諮問機関「安全保障の法的基盤の再構築に関する懇談会」（安保法制懇）の主要メンバーとしてこの政策を強く推して安倍内閣を支えたようだ。この閣議決定後、岡崎氏は「もう思い残すことはありません」と首相に言ったらしく、その四ヶ月後に亡くなっている。

まあ、それはそれとして、私は今あらためて、常に長期的に緊張状態である日本の軍事問題を考えてみたいと思った。

二〇一四年の「ユーロサトリ」（注三）で初めて専用ブースを持つ日本パピリオンがもうけられた。これは二年ごとにフランスで催される国際的な防衛・安全保障展示会である。

当時のテレビで（ＮＨＫスペシャル）日本の安全保障政策は大きな転換点を迎えている、日本もいよいよ軍事戦略に新たな舵を切った、と報道されたのを忘れることができない。このとき、日本では、原則的に武器および武器製造技術、武器への転用可能な物品の輸出を禁止した武器輸出三原則に代わって防衛整備移転三原則（注四）が制定され、それによって展示への勢いも増したようだ。もっともそれ以前でもアメリカとの関係では既にさまざまの緩和措置が取られていたようなのだが。また防衛装備庁が発足した。

私はこの放映時にメモをとっていたのだが、この時に出展されたものには、ミサイルの方向制御器、日本の高性能の赤外線フィルター付きレンズがあって、この性能は、三〇キロ先を明瞭に見ることができるとか、高度三万キロで地上のものが明瞭に識別されると説明していた。そして、これらは無人機につける。将来は無人機による戦争になることは必定なので、そのとき明確な武器になるだろうとのことであった。

これらが、外国に自由輸出される。その時の相手は、防衛整備移転三原則に則って行われていても、一旦外国に渡れば、その先はどうなるかわからない、とコメンテーターは述べていた。下請けの中小企業の経営者にインタビューをしていたが、彼等は、もともと兵器を作る気で技術を磨いたわけではないのに殺人兵器になるのではないかと、不安で苦悩していた。防衛装備庁の人員は、一五〇〇人の予定と言っていたが、二〇二〇年現在、一八二〇人近くのようである（注五）。

アメリカでも、兵器産業はロビー活動が活発で、国家的保護を受けていて、そのためにアメリカは常に外国で戦争をし続けているなどと言われたこともあった。将来日本がそのようになるとはとても思えないが、今後どうなるのであろうか。少なくとも日本の軍事装備は、アメリカからの航空機、戦闘機、対ミサイル防衛装置など、兵器がグレードアップするたびに、非常に高額な軍事装備を購入していることは事実である。

これらは、核装備のない日本が、アメリカの核の傘で守られ、アメリカ海兵隊が沖縄をはじめ各地に駐屯し、原子力潜水艦が絶えず寄港し、空母も加わって定期的に軍事訓練も行っているという現状を、いつまで続けるのかという問題に繋がっている。

今後の、世界の軍事・防衛体制はどうなるのであろうか。

私は、これから大国同士の全面戦争、世界大戦はもう起こらないだろうと思っている。今起こるとすれば、アメリカ、ヨーロッパと中国、あるいはロシアとの戦いであるが、もし本気の戦争が起これば核戦争となり、地球の破滅以外にはない。それは双方分かっているので、避けるだろう。

しかし、現在起こっているシリアの内乱のようなものを、大国は後ろから後押しすることは続く。ここでは、バース党のアサド政権側をロシア・イランが武器供与など軍事面で支援し、それに対抗する反政府軍をアメリカ側（一時はフランスも）が支援、過激派グループやトルコに独立を要求するクルド人の動き、シーア派とスンニ派の宗教の対立もあって、紛争は複雑化し、容易に事態は収まっていない。二〇一一年が最初というから、もう一〇年近くになり、周辺のサウジアラビア、イスラエル、トルコも軍事面で空爆や武器供与その他で関与して、大量の難民を作りだし、彼らが中東諸国およびドイツ、フランスなどにも逃げだして、大きな問題になっている。

イラクは、二〇〇六年のスンニ派独裁者のサダム・フセインの処刑のあと、選挙によりシーア派のマリキ政権が誕生し、一時はＩＳ（イスラム国）の跳梁もあり、捕虜の処刑など、日本人の犠牲者も出て大変だったが、その後、アメリカ、フランスを中心とする有志連合軍の空爆などで、二〇一七年ＩＳも崩壊し、今は比較的落ち着いているようだ。

イランは、二〇二〇年一月にイランの軍事司令官をアメリカが殺害したこともあり、一時は最高指導者のハメネイ師が報復を宣言したりしたが、今は反米の動きは見られない。しかし、長年核開発の動きがあるとされ、不満は内攻していていつまたいつ反抗するか分からない。

イスラエルは、アメリカのトランプ大統領が娘の結婚相手がユダヤ教徒であることもあり、極端な親イスラエル派であり、エルサレムを首都として認めるなど、相手から見たら神経を逆なでする政策ばかりを実行していた。イスラエルのネタニエフ首相が本年四月に退任したが、歴代最長の任期を継続したこともあり、パレスチナ問題は、中東の火薬庫として、半永久的に紛争の火種となるに違いない。

いずれにしても、二一世紀はこれまでのところ、中東を中心として、絶えず戦争状態が続いている。日本は、石油確保以外は、直接的利害はないので、少数の英雄志向のジャーナリストのニュースがあったが、それ以外はあまりこれに巻き込まれてはいない。

日本は、やはり、日本海を巡る諸国、特に対中国そして対北朝鮮が一番の問題だろう。当面の危機感は、兵器実験をもてあそぶ北朝鮮の金王朝がどうなるのか、国民は独裁者の前にひたすら服従、非常な貧困の中で忍従しているようだが、これがいつまで続くのかという問題がある。

世界の孤児ともなっている北朝鮮の独裁者、金正恩は忘れられないように、ミサイル発射を数ヶ月おきに繰り返して子供のように虚勢を張っているように見えるが、このような体制が変わらない限り、日本の緊張は続く。

そして、より大きな問題は中国であろう。中国は世界経済に大きな影響を持つ国に成長し、北朝鮮などとは比較にならない。ここ数年の経済減速はあるものの、アフリカなどへの人と資本の進出は目覚ましく、「一帯一路（注六）」構想やＡＩＩＢ（アジアインフラ投資銀行）の設立など、自国の経済の諸外国への拡大政策を進めている。もっともそれに対する諸外国の動きは警戒感から非常に鈍い。

また、東シナ海、南シナ海における領有権問題について、基地の設定など既成事実を積み重ね、どこまで膨張するのか見極めもつかない。これらについては、かつて私は数年前にかなり詳しく記述したことがあるが（注七）、私のそれ以来の認識は変わっていない。多分この為に現在の日米安保条約は、継続せざるを得ないであろうと思う。

しかし、今後、この地域で戦争が起こることは想像しにくい。北朝鮮がアメリカと戦争をおこせば、旬日を待たず国が壊滅するのを、彼等が知らない筈はない。中国もアメリカに戦いを挑むことをするとは思えない。日本に対しても、中国が戦争すると、日本は莫大な対中投資を失うが、中国の損害も計り知れない。戦争で貿易が中断されると、中国の工業のほとんどは、操業できなくなる。工場の閉鎖が社会不安を招き、中国共産党の支配体制そのものを揺るがしかねない。

何よりも、中国が日本と戦争をするのをアメリカが黙っていることはあり得ない。私は二〇一九年に一〇一歳で亡くなった中曽根康弘氏がかつて「日本はアメリカにとって不沈空母だ」と言った時、なんということを言うのだ、そこまでアメリカにおもねるのかと思ったが、確かに日本は沈まない空母で、アメリカの最前線で共産主義国と対峙している。そこから米軍飛行機がいつでも発進できるのだ。

一方で、日本のアメリカ依存はいつまで続くのであろうか。世界の自由主義諸国が多かれ少なかれすべてアメリカ依存であるのは事実であるが、日本のアメリカ依存は他の国に比べても遥かに強い。例えば、アメリカは自由主義諸国を守るために世界中に軍事基地を凄まじい数持っていることをかつて記述したことがある（注八）。二〇〇九年のアメリカ国防省のデータであるが、アメリカ本国の軍事基地が四二四九ヶ所、海外が七五〇ヶ所で総数は四九九九ヶ所であった。数だけはドイツが多かったのであるが、その中で、規模、集中度で日本が際立っていた。資産価値から海外基地にランク付けが為されていて、一位嘉手納、以下三沢、横須賀と続き四位横田までが日本だった。その後、特にヨーロッパでロシアとの緊張が緩和され基地が閉鎖されその数が減っているというニュースがあった。現在の状況をネットで調べると、二〇一七年のアメリカ国防総省の発表で、アメリカ国内が四一六六、アメリカ国外が五一七（前年度より七〇減少）、内訳は日本一二一（前年度より一減少）、ドイツ一二〇（前年度より六一減少）、韓国七八（前年度より五減少）とあった。滞在米軍の人数では、二〇一九年で、一位日本で約五万七千人、二位ドイツ三万五千人、以下韓国二万七千人、イタリア一万二五〇〇人となっている。やはり圧倒的に日本が多い。これは北朝鮮、中国という共産主義国の前面に立っている位置のしからしめるところである。

よく日本の国連分担金はアメリカについで他の諸外国に比べて多いのに、常任理事国になれないのは、不満の種という論議がある。調べて見ると、二〇一八年までは、確かに一位アメリカ、二位日本であったが、二〇一九年、二〇二〇年は、一位アメリカ二二％、二位中国一二％、三位日本八・五六％、四位ドイツ六・一％、五位イギリス四・六％、六位フランス四・四％となっている。日本の分担金は、二四〇・二Ｍ＄（外務省発表による）、円換算を一ドル一〇八円で計算すると、約二六〇億円である。これに加えて、国連ＰＫＯ拠出金はこれより大きく、日本はアメリカ、中国に次いで同じく第三位で約六〇〇余億円である。だから国連運営分担金とＰＫＯを合わせて約八六〇億円となっている。

ところが、日本におけるアメリカ駐留軍の経費負担額は、二〇〇〇年で二七五〇億円で、二〇一八年ではこれに比べれば減ってはいるのだが、依然一九七四億円という、国連への拠出金より遥かに多額の予算である。これを米軍駐留のための必要経費のどのくらいを負担しているかの割合で示すと、韓国は四〇％、ドイツは三二・六％であるのに比し、日本は実に七四・五％を負担している。これはそもそも二〇〇四年に決められた数値のようだ（これが約五年毎の更新で二〇二一年に期限が切れて、アメリカは大幅な増額を要求しそうだという話もある）。

そして、アメリカの国債を購入することで、アメリカ経済を支えているとも言われる。それがいかほどであるかは政府は発表していないので分からないのだが、そういう経済力を持つ国に日本がなっているというのは、元来が資源貧国であることを考えると、日本は勤勉な国民性とあわせて凄い国だと胸を張って言えるであろう。

それにしても、これらの事実は、ある意味で日本の安全はアメリカへの上納金で確保されている安全なのだ、ということを示している。確かに、たとえそうであっても、戦争を免れているほうが、遥かに良いということは、皆が考えていることだろうし、第二次世界大戦後、日本は戦闘に参加していない唯一の先進国であるのは事実である（ヨーロッパはドイツでもＮＡＴＯの一員として戦闘に参加している）。

しかし、このように、何があってもアメリカの鼻息をうかがい、その後を付いていくという日本の今までの外交を永久に続けるというわけにもいかないだろう。日本がいつまでも軍事的にアメリカの従属国であっていいわけがない。日本がなぜ他のヨーロッパ諸国のドイツ、イギリス、フランスのようにアメリカに対して時によって毅然とした態度を取りえないのか。これは、一つには近隣に頼りになる友好国がないことが痛切に響いていると思う。すなわち経済的にもＧ２０に、参加している国でアジアとなると、日本以外は、中国、韓国、インド、インドネシアしかいないのである。中国はむろん独裁国家である。権力者に歯向かう人間はすべて無きものにされる。民主的国家の経験がない。韓国、インド、インドネシアは経済先進国ではなく、共に手を取り合って世界に向かって主張するという強力な国とは言いかねる。だから日本は結局アメリカだけを頼りにする他ないのである。この状態が、中国の体制が民主化されるまでずっと続くのかと考えると、やはり問題であると言わざるをえない。

私は全面戦争は起こらない、それでも小さな紛争は今後も続くであろうと述べたが、それ以外にも、国際問題には多々解決すべき問題が残っている。環境問題、人口問題、そして南北の経済格差の問題、後進国の生活水準の向上など、豊かになった日本がどこまで貢献できるのか。特に戦禍にまみえる国々への対応はむずかしい問題を含む。国際協力を要する問題は多い。国際関係の緊張は当分続くであろう。

ただ、このような議論は、あくまでも素人談義の域を出ない。本質的問題は一旦緩急に備えての軍事や防衛論議が全く、タブーになっていることである。

例えば、第二次世界大戦で、日本が日米開戦を決定した時に、国民は事前にそのような議論が行われていることを一切知らなかった。

これは天皇を前にした、首相、陸軍大臣、海軍大臣、軍令部長、その他内閣と軍人を主とした人たちの御前会議の決定によった。ここでは、慣例により、天皇に後で累が及ばないように天皇は発言をしないことになっていたから、実際は時の政治家、軍人など七、八人が議論を重ねて決定したとされる。その推移に対しては、ＮＨＫスペシャルの番組のＹｏｕｔｕｂｅで一時間余り、昭和一六年秋から冬に開かれた四回の御前会議の様子を、さまざまの文書資料および関係者の証言も含めて詳しく見ることができる（注九）。

これは旧憲法の時代だったから今とは体制が異なっている。もちろん現在天皇が関与することはないが、現在でもそれを除けば事情は基本的に同じではないかと思われる。というのは、大規模の兵隊が出動する国連ＰＫＯへの派遣などは一応国会で議論されるが、本当に日本国が戦争になる時にその是非を国会で議論するとはとても思われない。

たぶん、それは、内閣、なかでも首相、官房長官、外務大臣、防衛大臣、自衛隊幕僚長など少数の責任ある人たちの会議で決断され、事前に国会で議論することはないだろう、決まった後で形式的に報告が行われるだけだと想像する。なぜなら、国の存亡を賭けるような決断は、立法府に図るということ自体が、その推移を相手に知られることになり、非常に危険であるから、秘密裡に行われるに決まっているからである。

外国ではどうか。例えばアメリカは、二〇〇一年のアルカーイダによる九・一一のニューヨーク・ツインビルのテロの際は国民の誰にもその災害が眼に映り一挙に報復の世論が沸きあがって、それに対する戦いが始まった。このような非常時は、政府の秘密どころではないが、普段の正常時に、国民が一切知ることもなくいきなり軍事行動を起こすことは頻繁に見られる。

二〇一七年春にシリアのアサド政府が化学兵器を使用したということで、シリアを突如爆撃し、二〇一八年四月にも同様な爆撃を製造工場に対して行った。シリアのアサド大統領はその使用を否定したが、二〇二〇年には国連関係の化学兵器禁止機関が調査によりシリアが化学兵器を使用したと肯定した。また、二〇二〇年一月初めにイランの軍隊の最高司令官を爆撃で殺戮した、というのは先述の通りであるが、このときもトランプ大統領が側近との協議の結果の判断で指令を発したと思われる。これらは、この方針を事前に議会で議論することはなく、行政府の一方的決断によるものだった。

このように、軍事に関することは、通常は行政府に一任されている。日本でも国会で防衛省の予算は一応公表されるが、その内訳は、結局、事後処理になり、それがどう使われてどう配備されるかは、ひとつひとつ国会で議論はされない。たとえば、オスプレイとか、迎撃ミサイルの配備などは、いつも事後報告で、追求されれば答えるが、それでも国の防衛の機密事項でもあるので、回答は最小限のことに留まる。

どの職業でも、職場で知り得たことに対する守秘義務というのはあるし、公務員ではそれが規定されているが、国の防衛に対する義務に対しては、特別で、自衛官の違反に対する罰則は特に厳しい(過失であっても有罪である)。これは国の安全に直接関係するから当然であるとも言える。だから、例え国会で何か知りたいと思い質問をしたとしても、関係者は、防衛秘密の名のもとに、これ以上は言えません、ということが今までも多かったであろうし、議会で質疑そのものを避けるということが常態化していると思われる。

そして、さる評論家が言っているが、日本国民は世論調査をすると、いつも「防衛体制はこれ以上の膨張には、反対する」ということで、平和護持の立場から軍事拡大には反対するといっても、いつも実質は現状を追認しているという形になっているということだ。だから、防衛体制は、世界の武器の発達、近代化の毎に、新たな体制を組んでどんどん進んでいく。国民の認識は、はるかに遅れて結局、引きずられざるを得ないのである。

更には、国民の希望を考えて、政治家は国民には敢えて知らせないこともある。佐藤首相の沖縄の日本復帰を考えた時のアメリカとの密約とか、非核三原則のうちの一つ「核を持ち込ませず」が長年疑惑のままに推移していたが、事実はとっくに破られていたことは、アメリカの秘密文書公開で民主党政権下でようやく明らかになった。

防衛白書が出ているが、国民の多くは読んでいないだろうし、私も読んだ事はなかったが、現在どうなっているかを知るために、平成三〇年度版がネットで公開されているので、諸外国にもオープンのものだから限界はあるに決まっているし、無難なことしか書いていないだろうとは思ったが、はじめて覗いてみた。そしてそのボリュームにちょっと驚いた。

巻頭特集とダイジェストがそれぞれ三篇ずつ（注一〇）あるが、そのあと、本文と資料編が続き、索引を除くとそこまででなんと五三五ページに亘っている。本文の全体は第Ⅰ部「わが国を取り巻く安全保障環境」で、一六六ページ、第Ⅱ部「わが国の安全保障・防衛政策と日米同盟」で、八八ページ、第Ⅲ部「国民の生命・財産と領土・領海・領空を守り抜くための取組」で一三四ページに分かれている。第Ⅰ部はさらに第一章「概観」、第二章「諸外国の防衛政策など」、第三章「国際社会の課題」に分かれ、第一章はさらに第一節「アジア太平洋地域の安全保障環境」、第二節「グローバルな安全保障環境」であり、第二章は第一節「米国」一〇ページ、第二節「朝鮮半島」、一二六ページ、第三節「中国」一三五ページといった具合である。この章は以下「ロシア」、「オーストラリア」、「東南アジア」、「南アジア」、「欧州」となっている。

これらをまず第I部第一章と第二章の第一節「米国」から第三節「中国」までの一一三ページをプリントして読んでみた。

そして、文章はいろいろ書いてあるのだが、大要としては、我々が思っていることとほとんど差がないことにまずは安心もし、一方、特に新たに得ることもないなあ、とも感じた。米国はトランプ政権になって、力による平和、特に北朝鮮に制裁を加えて非核化を迫っており、北朝鮮は経済封鎖を解きたいために言葉の上では何度も同意しているが、一向に実行せず疑惑は消えないのはよく知られた事実である。国防費はオバマ時代は漸減していたが二〇一八年には増加に転じたと書かれている。また北朝鮮は二一ページの記述のうち一五ページが弾道ミサイルの発射実験の詳細にあてられている。これに対し米軍は韓国に迎撃ミサイル六機を配備した。

また、細かいデータはいろいろ出ている。例えば、朝鮮半島で北朝鮮の総兵力は一二八万、韓国が六二・五万+在韓米軍二・四万人、作戦機は北朝鮮五五〇、韓国六四〇+米軍八〇機、などなど。もっとも、その出どころは米国防省公表資料「ミリタリー・バランス（二〇一八）などによる」と書いてある。まあ、しょうがないところだろう。また中国は、従来から具体的な軍隊の実績、国防予算などは明らかにせず、原子力潜水艦による領海侵犯、中国機による領空侵犯などの事件にも事実に反する説明をたびたび行っているとしている。国防費は発表されているデータでは、二〇〇八年度から一〇年間で約二・七倍になって急激に増加している。中国の総兵力は二〇〇万人、作戦機は二八五〇機の数値がでている。また、中国の潜水艦、駆逐艦、爆撃機、艦載機、戦闘機などの性能がそれぞれ写真入りで二〇種類載っていた。東シナ海、南シナ海への進出、基地形成などは深刻な懸念があると書かれているが、中国が国連ＰＫＯに対してアメリカに次ぐ資金を負担していて積極的に国際貢献を宣伝しているが、これも国際進出の下心あってのことであろうとも書かれている。台湾との関係も触れられている。台湾の国防費はここ二〇年余り横ばいである。

さて、それではこれに対しての日本はどうか。第Ⅱ部「わが国の安全保障・防衛政策と日米同盟」は、第一章「わが国の安全保障と防衛の基本的考え方」、第二章「防衛計画の大綱など」、第三章「平和安全法制などの整備と施行後の自衛隊の活動状況など」、第四章「日米同盟の強化」となっている。

第Ⅱ部と第Ⅲ部は、要所と思われる部分をプリントして、読み進めた。まず第Ⅱ部だが、これは、ほとんど原理原則論の羅列である。第一章、基本は専守防衛と日米安全保障体制の堅持である。第二章、昭和五一年の第一回防衛大綱以来、五つの大綱が策定されていて、最後は平成二五年の二五大綱と呼ばれるものである。これは防衛力のあり方と保有すべき防衛力の水準について規定するグランドデザインである、と説明されているが、まあ、言葉による能書きの羅列であり、例えば、九つの重視すべき機能・能力とその内容として、警戒監視能力、情報機能、弾道ミサイル攻撃への対応、宇宙空間及びサイバー空間における対応、国際平和協力活動への対応などとそれらの文章が並べられている。その後、平成三〇年度防衛力整備の主要事業として、上記の文章のやや具体的な事業名が書かれている。例えば、滞空型無人機（グローバルホーク）の取得、スタンド・オフ・ミサイルの導入、陸上配備型イージス・システム（イージス・アショア）の導入などなど。第三章、平和安全法制の構成として、一、自衛隊法、二、国際平和協力法、以下国家安全保障会議設置法まで一〇箇および、新規制定として国際平和支援法が挙げられている。第四章、第三節「在日米軍の駐留」では、平成三〇年度の在日米軍関係経費の内訳が表となっている。

沖縄在日米軍関連
施設・区域

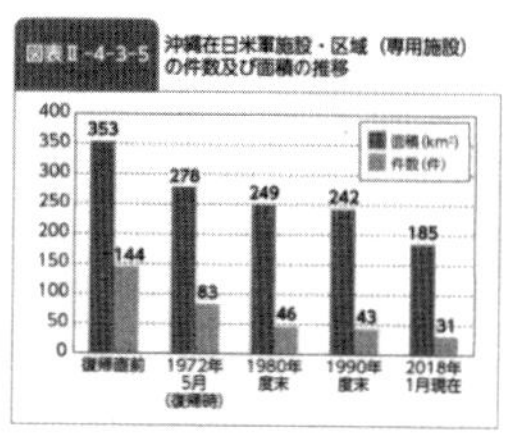

沖縄在日米軍施設の
件数及び面積の推移

そして、全二六ページの内、一五ページが沖縄の基地についての記述である。これは種々の問題が集中している沖縄を十分意識してのことだろう。例えば、普天間基地の名護市への移設計画、地元の反対運動に対する対応、沖縄県知事との交渉、いままでの米軍のグアム移動の実態、などの状況が詳しく書いてある。

第Ⅲ部「「国民の生命・財産と領土・領海・領空を守り抜く取り組み」は、第一章「わが国の防衛を担う組織と実効的な抑止及び対処」、第二章「安全保障協力の積極的な推進」、第三章「防衛力を支える人的基盤と女性隊員の活躍など」、第四章「防衛装備・技術に関する諸施策」、第五章「地域社会・国民とのかかわり」となっている。

この中では、第一章が国の防衛に対する記述で一番重要と思われるが、第一節で防衛省と自衛隊の組織がどうなっているか、総理大臣、防衛大臣を長とする陸・海・空の自衛隊の指揮系統および運用の体制が記述され、第二節「実効的な抑止および対処」で、周辺海空域における安全確保として、領空侵犯への警戒、緊急発進（スクランブル）、潜水艦、武装工作船などへの対処が書いてある。平成二九年におけるスクランブル回数は九〇四回、このうち中国機に対するものが五〇〇回とあり、二八年は八五一回であったという。

つぎに弾道ミサイル攻撃に対する対処が記述されている。ＢＭＤ構想（Balistic Missile Defense）と言われるイージス艦や陸上配置型イージスシステム（イージスアショア）による迎撃システムである。これらはアメリカとの密接協力で、日頃も共同訓練を行っているという。島嶼（しょ）部での防衛、海上安全保障、サイバー空間、宇宙空間における攻撃への対処、国内での大規模災害への取り組みの記述もある。
第二章では、多国間あるいは二国間の安全保障条約による協力が、述べられている。これは欧州との関係も触れられているが、東南アジアの国々、またオーストラリアなど太平洋諸国との協力が主である。特に第二節「海上安全保障の確保」では、ソマリア沖・アデン湾での活動がやや詳しく書かれている。日本にとっては言うまでもなく石油確保のシーレーンでの海賊船対策などである。

　これは国連決議に基づき、世界的に既に三〇ヶ国が軍艦を派遣していて、ここのところ発生件数は少なくなっているが、基本的に貧困なソマリアの問題があるとのことである。第三章は自衛官の募集、採用に関してなど。

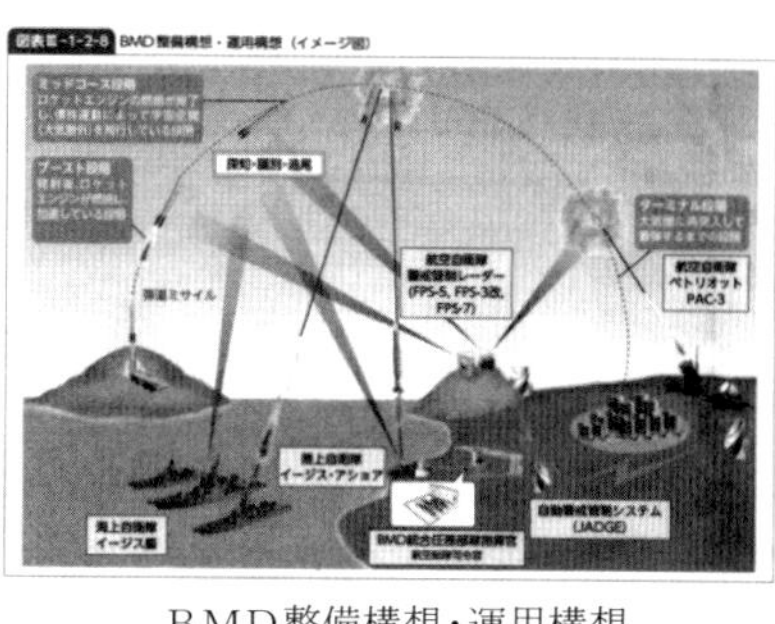

BMD整備構想・運用構想
（イメージ図）

第四章が防衛省での技術の開発、研究について、第五章が自衛隊と国民との関わりである。これだけの大部の報告書を一通り読み通したわけだが、まあ、自衛隊が我が国の防衛に一生懸命活動している状況は、以前より良く理解することはできたと思う。
それで結果、どうなのか、国の防衛について、どう考えるべきなのかと改めて考えてみる。白書を読んで具体的な事象、例えば過去の事件、各国の軍隊の人数、いろいろの飛行機やミサイル、迎撃ミサイルの性能や数その他を知った(もっともこれらの多くはすぐ忘れてしまうものだが)。しかし、全体の情勢の把握はそれ以前に自分が感じていたこととほとんど変わらない。そうすると、考え方においては、日本政府の考えが、現在の世界情勢に則して、まずまず至当ではないかと思う。防衛については、当分の間アメリカと連携してことにあたる以外の道はない。結局、国民の一人としては、そのような方針を基にして政府に一任せざるを得ないということに落ち着く。

一方、日本が今のまま、アメリカ軍にその防衛の大部分を依存して、膨大な費用を負担して、その傘の下に永久に存続するのか、と問われれば、そうだとは言い切れない。むかし、アメリカの親日政治家であったフルブライト上院議員が、朝日新聞記者の松山幸雄氏に語った中に「日本は経済大国が軍事大国にならないという、歴史上初の実験をしているのだ。頑張って欲しい」という言葉があったというが、その方向の道をとるのか(注一一)、軍事は大部分アメリカに任せその指揮に従い、経済的に多少アメリカを支えるというのも、案外賢い道とも思う。日本が唯一の被爆国として、「核廃絶」の先頭に立つべきだという多くの護憲派、「九条の会」などの人たちの心情も良くわかるのだが、一方で世界の覇権を狙いそれも武力の力で推し進めて行こうという現在の中国の動き(それは人権を一切無視し、国家の権力を優先する暗黒の国であり、最近の香港に対する圧政を見るとますますひどくなっている)を見ていると、やはり相応の武力を保持、対抗する軍事力を持たないと日本の未来は危ないという気持ちにもなる。それならいっそ日下公人氏の主張するように日本も核保有国の道をとり、真の独立国になるべきだ、という方向に進むべきか、世界の政治情勢の動向、特に中国の体制を見ながらの手探り状態が、今後数十年続くのではないか、という気がする。中国の体制がよほどのことがない限り、そう簡単には変わらないと予想されるからである。

以上の文章は、実は大部分二〇二〇年の五月に書き終わっていた。ところが、それからほどなく六月の通常国会閉幕間際に、河野太郎防衛大臣が、山口県および秋田県の二ヶ所に設置予定であったイージスアショア施設の計画を断念するという報告を行った。理由は、迎撃ミサイルの発射後の分離された残骸が地域に落下する危険が明らかになったからであると説明された。私は呆気にとられた。

こんなことは、とっくに検討済みのことで計画が進んでいたはずで、それは非常に下手ないいわけに過ぎないことは見え見えであると思った。それ以上の説明はなく、国会も閉会なので質疑もなく、タイミングを図った発表で、地元の知事はこれで安全になったと喜んでいたが、ＢＭＤはどうなったのであろう。やはり、軍事に関しては、国民は真実を知らされることなく物事が進められるのではないかとその時はつくづく思った。

私は、七月に入ってから、この件に限って、落ち着いて新聞を丁寧に見直した。例によって私は朝日新聞なのだが、まずそれに書かれた事実だけを書いてみる。河野大臣がイージスアショアの停止を発表したのが六月一五日である。この前後の経過は新聞解説によれば、四日に河野氏が安倍首相に直接イージスアショアの問題を報告し白紙撤回を訴えた。一二日、首相は菅官房長官とともにそれを了承している。一五日の河野氏の報道陣への発表後、一八日、首相が国家安全保障会議（ＮＳＣ）で新しい方向性を打ち出す必要性を表明し、二五日朝刊で、ＮＳＣの四大臣会合で撤回方針を決定、当日夕刊で、河野氏は自民党国防部会で撤回の決定を報告している。そして、配備撤回とともに、九月末までに代替案をＮＳＣで集中議論する予定と書いてあった。

七月八日の衆議院安全保障委員会の閉会中審査において、イージスアショアの導入決定時の防衛大臣の小野寺五典氏が、「自衛隊は事前の検討の努力が足りなかった」と批判し、河野氏が「地元の皆様に迷惑をかけた」と陳謝した、とあった。私はこの記事を見て、あきれてしまった。政府がイージスアショア二基の導入決定をしたのが二〇一七年一二月でその時の防衛相が、自分の責任を棚にあげて自衛隊幹部を批判する、こんなことは普通の会社ではあり得ないことである。松下政経塾出身の小野寺氏は、二〇一二年第二次安倍内閣で防衛大臣として初入閣、第三次安倍内閣でも再度防衛相で二〇一七年八月〜一八年一〇月まで、その間無難に大臣を勤めて、退任後自民党安全保障調査会長であるから自民党では数少ない防衛族になりつつあるのだろうが、その彼にしてこの程度である。ただ、大臣が発表前に、一切自民党内に説明なく、首相、官房長官の了承だけで発表したのは、手続き上、問題ではあった。小野寺氏も河野氏の発表に「えっ」との思いであったと正直に述べている。

一方で、いまさら大臣の素人ぶりを批判してもどうなるものでもない。日本での大臣というのはその程度である。だから、問題は自衛隊幹部がしっかりしているかどうかであるということになるのだろう。

私は河野太郎氏は、発信力もあり実行力もある数少ない政治家と思っているのだが、彼が二年間の外務大臣（この間、外国訪問五九回、一二三ヶ国という最多記録になったという）から防衛相に横滑りしたのが、一九年九月で、かれは直ぐに日本の防衛体制の現時点検討を自衛隊幹部連に要請したという。解説記事によれば、その結果、二〇年五月には、イージスアショアにおけるブースターの安全落下について、プログラムその他大規模の改修が必要であることが判明した。しかもその為には、二千億円の予算と一二年間の歳月が必要ということであり、彼はこれをやるべきでないと痛切に思ったらしい。それで直ぐ首相に直訴したという風に書かれていた。

私は、この問題で、元防衛大臣の中谷元氏はどう考えているか、を調べて見た。私は、彼がここ一〇年間くらいで、防衛に関して唯一信頼できる政治家と思っているからである。彼は、高知県出身で防衛大学校卒で、陸上自衛官、教官も務めている。経歴を調べるとその後政治家秘書となって、一九九〇年衆議院初当選。二〇〇一年、小泉内閣で防衛庁長官で初入閣、防衛大卒の初めての入閣となった。二〇一四年一二月から一六年八月まで安倍内閣で防衛大臣を二年間務めた。案の定、ネットで、この問題についてじっくり意見を述べている（ダイヤモンド社編集部による記事）。

中谷氏は劈頭「河野さんはよく決断した。ブースター問題もあるが、他にも理由があり、一旦立ち止まって検討すべきだと思っていた」という。「北朝鮮のミサイルの性能もあがっていてイージスアショアだけでは対処できない状況になっている。一度に数発発射したり、レーダーで補足できないような飛び方をするものもある。今のままでは守りきれないことはみんな解っていた。

ＦＭＳ（Foreign Military Sales：対外有償軍事援助）では、装備性能の認識に限界があり、イージスアショアにおいても中心部分はブラックボックスなので、日本で知ることができない。ＦＭＳでもアメリカは自国では製造をやめたものを日本は大量購入したりしている。日本はキャタピラー技術が高いのに、どうして自分で製造しないのか、疑問だ」とも言う。これに前後して、日本はＦ三五戦闘機を一五〇機も購入することを決定したというニュースもあった。中谷氏はそんなにたくさん購入する必要があるのか疑問だと言っている。もともとは自衛隊内部での議論を経て装備品を決定していたのだが、最近は中身を開示されることなくアメリカから政治決定で無理やり購入ということが多くなっているという。だから防衛省内でも説明も議論もできないというのだからひどい話である。アメリカにいいように商売されているのであろう。

ＦＭＳは安倍政権になって急増した。米国はトランプになって露骨で、自動車などの関税とからめて、日本が抵抗すると、身代りに防衛装備品を買えと言って、特にＦＭＳの防衛費の中の割合が高くなり、自衛隊の他の費用を圧迫しているという。日本の防衛産業も弱体化するばかりだと言っている。一方、中谷氏は「敵地を攻撃する能力を持つべきだ」とずっと言い続けて来たという。「攻撃しようとする相手に打撃を与える能力を持つことが抑止力になる」という考えである。こうなると、ますます軍事の膨張につながるわけで、核兵器による戦争抑止という現在の軍事大国の考え方に近い。また、中国の防衛費は日本の四、五倍で装備も年々近代化している。今まで攻撃力、抑止力は米国で、日本の自衛隊は直接の防衛ということだったが、この比率を変えていかねばならないとも述べている。

沖縄の辺野古基地移設も軟弱地盤と言うことで再試算で一二年、約九三〇〇億円かかることがわかった。これから一〇年以上先ということになれば、民間も使える軍民共用飛行場という考えも視野に入れるべきだとも言う。中国の進出で沖縄への自衛隊配備も考えるべきだと主張している。

私はこれらの話を聞いて、やはり常日頃、絶えず日本の防衛を考えて来た中谷氏は、他の付け焼刃の政治家とは全くレベルが違うと感心した。日本の場合、与党は選挙に勝つために大臣経験者を増やして改造毎に素人政治家を大臣に当てがっている。そして官僚がその軽量政治家を支えている。こういう政治のあり方を今後変えていかねばならないだろう。しかし、日本の場合、本当に優秀な人はもはや政治家にはなりたがらない。なかなか大変だとは思っている。

その後、八月の末には、安倍首相が自らの体調不良で辞任し、自民党はまず次の総裁選びで大変になり、九月に新たに菅義偉氏が首相になった。河野氏は行政改革担当相になり防衛大臣は岸信夫氏になって、年末に、イージス艦二隻の導入のニュースがあった。

一方アメリカは一一月になって新しい迎撃ミサイルの実験に成功した。防衛技術もどんどん進歩しているようだ。

注一　彼については政治とは全く別であるが、気功を信じて実践をしていた人として、かつて記述したことがある。それは自著『折々の断章』内、「気のエネルギー」である。

注二　岡崎氏が二〇〇二年に設立した研究所で、千代田区永田町にある。

注三　サトリというのはフランスの地名で、一九五〇年代からそこでフランス陸軍が運用する兵器の展示会が行われていて、それが九〇年代に、ヨーロッパ各国、アメリカ、ロシアまでもが出品するようになり二〇〇〇年には七一ヶ国にもなっているという。一般の入場は制限され政府関係者、専門家などに制限されている。ネットで調べると、場所は変わっているようだが、二〇〇八年には入場者一一万七千人、一一七の代表団とあった。

注四　二〇一四年第二次安倍内閣のもとで制定された。一、移転を禁止する場合の明確化、条約の義務、あるいは国連安保理の義務への違反、紛争当事国への移転。二、移転の限定と厳格審査、公開。三、目的外使用および第三国移転する場合の適正管理、の三つを満たせれば移転を認めるとした。

注五　その後、この件に関しては『武器輸出と日本企業』（望月衣塑子著、角川新書、二〇一六年）でより詳しく論述されていることを知った。著者は東京新聞社会部記者である。防衛整備移転三原則の制定以後、日本が政府主導でアメリカ式の軍産複合体を徐々に進展させていく様子が記述されている。また、大学でも、運営交付金の減少による研究資金の必要性から防衛省の「安全保障技術研究推進制度」に応募する研究者が続出している。またアメリカ海軍がスポンサーになっているロボット大会に参加する学生チームもあり、これらの研究が、民生用か軍事用かの線引きは不可能で将来軍事用にも役立つ事は間違いないと思われる。

注六　一帯とは、中国からヨーロッパへの陸路シルクロード、一路とは、中国沿岸部から東南アジア、南アジア、アラビア半島、アフリカ東海岸を結ぶ海上シルクロードと説明されている。

注七　自著『くつろぎながら、少し前へ！』内、「中国といかに向き合うべきか」参照

注八　自著『心を燃やす時と眺める時』内の「アメリカの軍事世界戦略」

注九　ＮＨＫスペシャル「御前会議─太平洋戦争開戦はこうして決められた」
一九九一年八月一五日　放映

注一〇　特集はいわゆるその時のトピックスで、この版では特集一が「防ぐ　弾道ミサイル防衛」で、特集二が、「務める　二四時間三六五日の任務」、特集三は「備える　進化する防衛力」となっている。ダイジェストは、Ⅰ、Ⅱ、Ⅲ部のそれぞれの要約である。

注一一　松山幸雄著、『国際派一代　あるリベラリストの回顧、反省と苦言』（創英社・三省堂書店、二〇一三年）

小説の執筆

私はかつて、一度は小説を書いて見ようかと思って、数年前にそれを試みたことがあった。しかし、書き始めてすぐに、仮想の物語をつくりあげる作業が自分の気持ちにはあまりに遠いことで、やはり、自分にはこういう才能はないと思い切り、途中ですぐにやめてしまった。この時の心境は、自著『穏やかな意思で伸びやかに』内、「事実の記述と、『栄冠は君に輝く』作詩物語」にやや詳しく書いてある。

もともと自然科学の研究者であった私は、やはり事実あるいは真実を追求することには非常な熱意を傾けるのだが、新しい文学の創造には、およそ能力はないと自分の実際を確認したことになった。若い頃から文学愛好者であったので、国内外の文学作品はかずかず読んだし、それは非常に楽しかったし、それによって自らの人生も豊かになり、ものの見方にも大いに資することがあったと思っているのだが、他人の作品を鑑賞するのと、自ら作品を作り上げることとは、言うまでもなく全く別物であって、正に天地の差がある。

そして、もう二〇年ほどになるであろうか。読む作品の対象といっても、ドキュメンタリーとか、ノンフィクションの作品ばかりで、純然たる仮構の文学作品にはほとんど興味を懐かなくなってきた。これは自然の成り行きと思われる。すなわち年を経て自分の先行きも短くなっていくことを否応なく意識するようになると、時間的にも、本当の事実そのものを知るのが肝心と思い、作者の虚構とか、入念な解釈や思い入れは余計なことだと思うようになった。それは作品を見て自分自身が考えるべきことで、より濃縮された時間を送りたくなってきたのだ。

それでずっといいと思っていたのだが、ある経験をきっかけに、これは、あまりないことなので、小説にしたらという気になった。そして、本著の冒頭にある小説「ああっ、あの女は」を書いた。これは高齢者になっている自分の年相応の事実を基にして書いたものである。書き始めたら割合すらすら書けて、一〇日間くらいで、一応の形までできあがった。かつて何かで読んだのだが、作家の浅田次郎氏が「アイデアを得るのは時間がかかりますが、一旦アイデアが浮かぶと、一気呵成に書けることが多いですね」と述べていたのを読んだ記憶があるが、そんな感じだった。もっとも私の場合は事実に近いことを書いたからそうなったに過ぎなかったのだろうと思う。ただ、当然のことながら、その後に何度も推敲し、加筆を行ったので、さらに二ヶ月位はかかった。そして結果、世に出ているものとはかなり異なる作品になり、自分でも納得のいくものになったので、これはなにかの雑誌に投稿してみようかと思った時期もあった。しかし、いろいろ考えた結果、それはやめることにした。というのは、以下の事情による。

私はこの際と思い、ここ数年の文学界の状況というのを少しネットで調べてみた。まず一般の文学雑誌に投稿しようとすると、どの雑誌もいきなりの投稿は受け付けない。すなわち、なにかの賞を目指して応募することがまず必要である。これは当然で、科学の研究みたいに普段の日常生活とは関係のない基礎的勉学が多大に必要なものと違い、日本語の文章は一応誰でも書ける。だから、有名になった小説家のそれまでの職業だって実にさまざまな種類があるのだ。未来の文学者をめざすような人は、一〇代半ばから、六〇歳台くらいまで、男女数限りなく存在し、彼らの試作品は膨大な量になっていると想像できる。それほど、書きたい人はたくさんいるのだ。だからどの雑誌も、無名の人のもちこみの直接投稿は受け付けない。

雑誌側から見たら、彼らが書いた作品を限られた紙面に載せるとしたら、まずその作品を読み、限定する必要がある。だから、書く方は、まずは出版社が設定した新人賞のような類のオーディションに応募し、それに当選しなければならない。当選すれば、はじめて出版社の方から執筆依頼が来るようになるようだ。そのような文学賞の数は今や年間四〇〇近くあると何かで読んだことがある。もちろん私の知っている名前は有名なものばかりで、それらを調べてみたが、応募作は数百編いや賞によっては数千編に及ぶ（人気の文藝春秋社の「オール読物新人賞」は毎年二千編を超えている）こともあるようである。それほど文学者を目指す人たちは多い。マスコミで一番派手に取り上げられ年二回の受賞者がニュースになる文藝春秋社の芥川賞・直木賞は、これらの新人賞などを受賞し既に雑誌に掲載されたものから選ばれる。

だから、芥川・直木賞は二重に選考されているわけで、応募作数がどれくらいあるか分からないが、ことによると一万編ぐらいあるのだろうか。その頂点に存在するといってよいだろう。

同人雑誌等では、無名の時から、刻苦精励して多くの作品が出されているのだろうし、そういう仲間となってともかく仲間うちでは作品を出す事はできるのかもしれない。しかし、私はそういうよすがもないし、自身いまさら文学界に打って出ようという気はさらさらない。

私は最近の芥川賞の掲載されている数冊の『文藝春秋』、また新人賞の載っている『オール読物』などを図書館で借り出して荒っぽくであるが読んでみた。いままで、派手な広告を見ても、他に本業のある身には、一度もこのような作品を出た早々に読んだことはなかった。対象は純文学とか、大衆小説とかジャンルもいろいろある。私の読んだ芥川賞のものは、全ては既になにかの新人賞をとったもので、それらはオール読物新人賞、文藝賞、新潮新人賞などの作品である。

一週間近くで、仕事の合間に九編を読んだ。それらを列挙すると、新人賞は「三本雅彦、新芽」、「由原かのん、首侍」、芥川賞は「又吉直樹、火花」、「羽田圭介、スクラップ・アンド・ビルド」、「石井遊佳、百年泥」、「若竹千佐子、おらおらでひとりいぐも」、「山下澄人、しんせかい」、「上田岳弘、ニムロッド」、「町屋良平、1R（ラウンド）1分34秒」である。それらを読むと、実にさまざまであった。

入選作はそれぞれ構成に工夫をこらしてはいるが、半分が奇抜な小説であった。たまたまであるかもしれないが、例えば、翼をもって空を飛ぶようなありえない能力の人間が出て来るとか、首しかない死んだ男と生きている男が協力して、戦いに臨む時代小説とか、世界中から使えなかった失敗作の飛行機の現物をバベルの塔の屋上に収集しているとか、かなりのものが非現実的な面白小説（これは今やエンタメ小説というらしい）を狙ったとしか思われないものがあった。また又吉氏のものは修行中の漫才コンビ（自身）の世界を描いたものでマスコミで一時期騒がれた。

これらは、日本文学の現在の混迷を示している感がした。こんなものは新規性から一時期読まれても繰り返し読まれるものではないし、後に残るものではないと思った。その中で三つだけ、これは選ばれて当然と思ったのは、文中ずっと東北弁での思考が書かれているもので、未亡人となって一人住まいになった老婦人の心の移ろい、亡き夫への切ない想いなどを書いたもので、これは作者の境遇に近いものを書いたリアルな物語であったからだった（文藝賞および芥川賞受賞作、『おらおらでひとりいぐも』）。それは年取った自分が十分に理解できそうな境遇でもあったからかもしれない。もう一つは『スクラップ・アンド・ビルド』で、作者は一七歳で文藝賞を獲得し、過去三回芥川賞候補作（これは山下氏も同様）を出し、二七歳で芥川賞をとった羽田氏で、この人は正に優れた作家の素質を持っていると感じた。特に、現代の社会的問題を次々と取り上げて小説を書いていくという優れた能力があり、私は時代小説『華岡青洲の妻』を書き、『恍惚の人』や『複合汚染』のような時代に即したものを書いて、才女と言われた有吉佐和子を思い出した。三つ目は『1R1分34秒』で、三〇代の作者が自らの体験も踏まえてボクシングをしている青年の細やかな心理を描いてさわやかな青春小説に仕上がっていた。この両者は中学の頃から小説を書いてみたというような点で共通している。

これらの新人賞の選者は五人前後であるが、男女を問わず自分より大幅に若い人たちで、新聞広告や電車の吊り広告で彼らの一部の名前は見たことはあるが、彼らの作品を読んだことがなかった。これは私がここ十年余りドキュメンタリーとかノンフィクションばかり読んでいることもあろう。芥川賞の選者は一〇人くらいいるが、二〇二〇年現在の選者で作品を読んだことのある人は一人もいなかった。むしろ直木賞の選者には、浅田次郎、伊集院静、宮部みゆき、林真理子等数人いた。読んだ時には、それぞれストーリーテラーとして、特に宮部みゆきなど凄いなと思った記憶はあるが、浅田次郎以外、記憶に残った彼らの作品は思い出せない。

彼らの選評も読んだが（当選作しか載っていないので選外になったものに対する選評はほぼ除外して読んだ）、ともかく面白く読めたというのが最大公約数、雑多な情報を手際よく織り込む手腕に感心した、などというのもあった。選者も多くのものを読まされて（もっとも彼らは予備的に選ばれた候補作である数編を読むだけのようである）、一見刺激的なものばかり求めている。発想の斬新さ、これはあっと言わせる奇抜さとも言える作品のサーカス・ゲーム化とも感じたし、応募作品の是非より、当然ながら将来性を考え筆力のある多様な可能性のありそうな新人の発掘により重きを置いているとも思われた。選評のなかに、こういう青春小説に特有の燃えるようなところがなく面白くなかったが何となく推した、などというのもあり、私もその作品を半ばまで読んだが、確かに面白くなかった。そんな選評もあるくらいだから選者の評もさまざまであった。「私は他の作品を推したが少数派であって受賞作は多数決で決まった」というのもあった。「結末が予定調和的で安直である」、「一部文章が紋切り型であって人間はもっと複雑だ」とか、「文学臭過多にならないぎりぎりの表現」という字句もあり、確かに選者の眼は入念で厳しい。

一方でビット・コインを扱った上田氏の作品では選者が皆それとは離れたところを褒めていた。私は仮想通貨と言われ投資の対象となっているビット・コインについて随分調べたが結局十分には理解できなかった。選者たちはそれを避けほとんど言及していない。作品の別の面、構成力を褒めていたのだろうが、選者も彼らの理解力、好みもあるが、いい加減だなあと思った。

それと羽田氏、上田氏あるいは町屋氏のような若い男性の作品では、女性が一人づつ出てきて、単なる男の性欲を満たすため、いつでも求めに応じてホテルについていくといった愚鈍なセックス相手としてのみ描かれているのは、実に情けなく思った。これらの記述は『太陽の季節』以来の芥川賞の一つの流れのようで、作者は青春にはつきものという一種のアクセサリーとして書いているのだろうが、下品になるだけであと味がよくない。選者はどう感じているのか。何人かの特に女性の選者は嫌悪感を催したに違いないが彼女らも何もそれに触れていない。若い男性作家にはありがちで今までもさんざん見てきて、いまさらそんなことを批判したのでは文学に携わる選者の沽券に関わると無視したのではないか、虚勢をはっている選者たちもやはり人として未熟で若いなと思った。

受賞者の人の経歴をみると、小説の書き方講座等に数年通い続け、もう十数年、各種の文学書に応募し続けたという女性なども居た。一方では、十数年前の芥川賞で二〇歳前後の若い女性のダブル受賞が有名になったこともあったが、私は作者の歳と題名を見ただけで、その作品を全く読む気にならなかった。だいたい若い女性の作品は、想像するに数人の男女間の恋情とか女性同士の心理的機微を書いたものが多く社会性はゼロだから、男にとってはつまらない。古来の伝統的女流文学で、それを楽しむ人がいるのだから、それはそれでよいので問題はない。彼女たちは一応現在も作家業を続けているようだ。

指導者と受賞者の座談会の記事もあり、指導者に「文学では歌ってはいけない」という指摘をされたとあったが、それは的確な発言で、著者が過多の感情表現をすると、それは小説とはならない。それはできるだけ抑えて書くからこそ、読者は打たれるというのは、真実と思った。結局、九編の中で、作品そのものがいいなと思ったのは若竹氏の一編だけだった。それでも、何度も読みたくなるという作品とは程遠いという感じがした。

私は、歴代の芥川賞受賞作品を調べて見た。芥川賞は一九三五年から始まっている。途中一九四五年～四八年までは戦後の為中止されているが、調べた二〇一八年まで、八四年間、一年に二回だから年二人、それに四〇回ぐらいダブル受賞もあるが受賞者なしの年もある。ザッと二〇〇人くらい受賞者がいる。

私は、私の持っている『日本の文学　八〇巻』（中央公論社）を参照、比較してみた。第一巻は明治時代の、坪内逍遥、二葉亭四迷、幸田露伴から始まり、時代順に編集されている。第七六巻が石原慎太郎、開高健、大江健三郎、その後四巻は個別の作家に入らなかった名作集となっている。だいたい芥川賞が開始され受賞者が選ばれるようになった時は、五一巻あたりの尾崎士郎、火野葦平辺りからだから、二六巻余りで数えて見ると四五人の作家がいる。このシリーズで入っている芥川賞作品は、一〇編だった。列挙すると、第一回の石川達三『蒼氓』、以下、石川淳『普賢』、火野葦平『糞尿譚』、尾崎一雄『暢気眼鏡』、中山義秀『厚物咲』、戦後になって、堀田善衛『広場の孤独』、吉行淳之介『驟雨』、庄野潤三『プールサイド小景』、石原慎太郎『太陽の季節』、開高健『裸の王様』である。それ以外に芥川賞をとったがその作品自体は載っていない作家が、井上靖、安倍公房、安岡章太郎、遠藤周作、大江健三郎と五人いた。私がこの中で読んだのを読書録で調べて見ると、大部分このシリーズからで、受賞作品とは知らず、受賞後数十年経ってであるが、『普賢』、『暢気眼鏡』、『厚物咲』、『裸の王様』などがある。また石原慎太郎が政治家になって話題性からどんなものかと読んだ『太陽の季節』(早熟な友が読んでいたから覚えているのだが、芥川賞受賞は私の中学生の時代)ぐらい、多分雑に読んだのか、読書録には落ちていた。それに遠藤周作の『白い人』があったが、すべて読んだだけで中身は忘れている。これを見ても、芥川賞作品というのは、作家への一応の登竜門ではあるが、後々までの印象に残る名作というのはあまりないことが分かる。

本人の努力は多大なものがあったと思われる作品もあり、それは尊重すべきであろうが、現在の芥川賞受賞作品を見ている限り、狭い文学の職業人の世界だけにしか共鳴をもたらさないものが大半であり、所詮、それはそれだけのことではないかと思った。現在の文学界は、かなりの程度、それに凝り固まった小説オタクとも言うべき人たちで構成され、小手先の技術に偏重した中毒に侵されているのではないかとも感じた。

一九三五年~五八年まで、中止期間を考えると約二〇年間、芥川賞が選ばれており、この期間で受賞者は戦前二二人、戦後一九人である。この中で、全集に入っている作家で知っている人が一五人いたのであるから、一応作家として名をなした比率は三六・六%になり、約三分の一である。その意味で、受賞者が一流の作家として伸びる可能性はかなりのものがあると言えよう。受賞者はこれに意を強くしてさらに研鑽を積み、やがて名作を作るのだろう。

真の国民的文学、それは明治・大正の数々の名作から、昭和・平成の新しい文学、私の好みから言えば、比較的新しいものでは、綱淵謙錠、遠藤周作、司馬遼太郎、城山三郎、吉村昭、小島直記といった人たちの作品は、多くの一般の人たち、それは全く文学とは関係なく別の職業に携わっている人たちにも感動を与えるものであって、それには、現実感があって、作者の緊張感溢れる人生観が色濃く表出されているからこそ素晴らしい文学になっているのだと思う。それは小説テクニックという問題は別にして、作者の生活、意識のありようであって、より普遍性を持ったものでなければ、人を打つような作品には成りえない。もっとも、このような意見は、私の単なる個人的な好みだけのことかもしれない。

国を想う心、ナショナリズム

江崎格（ただし）君は大柄な男で、教育大学駒場中学で知り合い、銀行員の一人息子であったが、非常に気が合って彼の港区の家へ行って、彼のとっていた科学雑誌を読んだり、彼から面白いからと『オー・ヘンリー短編集』の文庫本を借りたりして、一番親しかった。

英語の浅原欣次先生から授業中に群馬県の霧積温泉のことを聞き、中学三年の五月の連休に江崎、佐野浩、伊藤勉君と一緒に、学校に無届けで泊まりがけでそこに出かけた。このことは自著

中学３年の５月、霧積温泉に行った４人　左より江崎、私、伊藤、佐野君

芽生えの季節。鼻曲山登山の折り

『折々の断章』内で書いたことがある（注一）。河原に面したただ一軒の旅館で、飯盒で米を炊いて河原で食事をしたり、翌日、長野県境の鼻曲山に登って軽井沢に下りたりして宿屋に戻ったが、葉も茂っていない芽生えの季節、目の前に初めて見るおおるりの真っ青な姿に感嘆したのを覚えている。いつだったかはっきりしないが、その頃か、他の友と三人で国分寺の浅原先生（注二）のお宅に行って、先生と四人で麻雀をしたこともある。

彼は都立戸山高校に行ったため、高校は別になったが、その後東大法学部を出て通産省（現経産省）に入り、上級官僚となっていった。長じて産業政策局長になり資源エネルギー庁長官にもなったのだが、たまに会ってもそんなことを自ら話題にすることもなく、いつも明るくサラッとした人柄で、私は常に身近の気持ちの良い親友と思ってきた。

私が結婚した時は、披露宴で中学時代の友人としてスピーチをお願いしたり、彼の時は逆に私がスピーチをしたりした。私が最初の著作『自然科学の鑑賞』を出版した時、「自分は役人になったが、こういう仕事は、或る程度の知識と判断力があれば、なんとかこなしていけるものです。科学の研究のように、ぎりぎりまで自分を追い込んで、全力で打ち込むような仕事に憧れています」というようなことを書いてきた。

私から見ると、彼は実に明敏な頭脳の持ち主で、大局的なものの把握において非常に優れていて、しかも自分を客観的に見る目を持っていて、私の同期の友人の中で、飛び抜けた才覚と理性的な観察眼を持っているように思ってきた。彼は、現在は結構大変な苦労もしているようだが、公的仕事に於いてはいつも余裕綽々で人生を亘っていったのではないか、そんな気がしている。

2014年、同期会における江崎氏の講演の時

彼の年とってからの発言で、私がいまだによく覚えているのは、「此の頃よく思うのだけれど、人生はようするに、感動を求めるというのが、生きがいなんだよな」という言葉で、私も聞いた時、「いいことを言うなあ」と内心深く同意したものである。

彼の先輩になるが、太平洋戦争勃発の年に通産省に入り、高度成長時代に事務次官になった両角良彦氏は、次のように言っている。「役人というのは本来常に公平でなければならない。……だからどうしても一つの形式的な判断の方向に偏りがちになる。仕事に忠実であればあるほどそうなりやすい。人間としての建前の生活に生きなければならないというのが官僚である。だから、私が役人をやめたときに最もほっとしたのは、自由人に戻れるということだった。……本音の人間に戻りたい」、と。両角氏が入省後に感銘を受けた本は、フランスの心理学者、ル・ボンの著作で『群衆心理学』、『政治心理学』等であったという。その中の「科学は理性によってつくられる。歴史は感情と信仰によってつくられる」とか、「人間は、論理の世界ではなくて、情の世界に生きている」という文章を見ると、私も確かにその通りだなあと思うし、それらの本をいつか読んでみたいと思っている(注三)。私の想像であるが、江崎君も、役人では収まらないスケールと才能、豊かな人間性があるような気がする、最近、江崎君が次のようなメールを送ってきた。「このごろ、佐伯啓思という人物が気になります。京都大学の名誉教授でもともとは数理経済学者ですが、思想家といった方が良いかも知れません。朝日新聞の『異論のススメ』に二、三ヶ月に一回ほど世相評論を書いていますが、なかなか良いことを言っています」と。

以前、江崎君は「加藤周一は凄い人だねえ。彼の『日本文学史序説』は是非読むと良い」と言ってきたので、私はそれを読み、自著にその読後感を書いた（注四）。彼の指摘はなかなか的確なので、今回も「そうか、読んでみよう」と思った。

２０１７年、故浅原先生の奥様、敏子さんと娘さんの須美さんを招いての歓談、級友などと皆で会う。左より江崎格、渡辺須美、浅原敏子、小山拓二、中島邦雄（江崎君と通産省で親友、私の小学校の同期生）、私、添田浩、藤本浩文氏

私は佐伯氏はよく知らなかったので、何か著作はあるか、と思い調べたら、いろいろ本を出している。その中で比較的最近の本に江崎君が言っていた言葉と同じ本があったので読んでみた。それは『異論のススメ　正論のススメ』（エイアンドエフ、二〇一八年）であった。見ると、「異論のススメ」は朝日新聞で、「正論のススメ」は産経新聞紙上で共に約三ページ半、（共に上記の本の上で）の短文を一ヶ月に一回づ

つ書いている集積であった。

彼は一九四九年生まれ、私より七歳ほど若いが、政治問題、経済問題、社会問題になかなか内容のある発言をしていて、なるほどと思わせる。場合によって、頭の整理に非常に良い。例えば、最初の二〇一五年四月の文「日本の主権　本当に『戦後七〇年なのか』」と五月の文「近代立憲主義への疑問　市民革命なき国の憲法は」で、つぎのようなことを述べている。

日本は、戦後一九四五年の八月一五日を終戦の日としているが、実際に連合国との戦争状態が終了したと書かれたのは、サンフランシスコ講和条約の時であって、欧米などの自由主義諸国とだけであったが、この講和条約の発効は一九五二年四月二八日である。だからこの日が終戦と言うべきである。そして四五年~五二年までは、アメリカの占領軍に実質的に支配されていたのである。しかも問題を複雑にしたのは、それ以前の一九四七年五月三日に、アメリカが日本を永久に戦争を放棄し戦力を持たない理想的平和国家として規定した憲法が発効していたことであった。この時、日本はまだ主権を確立していない時であった。彼は主権の十分にあるとは言えない日本が憲法を制定できるのか、と言っている。これが今に至るまで、憲法九条問題として、護憲、改憲の論争として国民の認識を二分している。

このような整理は、今さらながらだが、極めて平明な理解だと言える。もっとも感覚的には、敗戦宣言が実質的終戦で、以後日本は無抵抗になったのだから、法理論的には彼の言うことが正しいとしても、今となってはそれほど意味のあることとは思われないし、彼自身もこれは原則論で現実論ではないと認めているのだが。

彼のこれらの問題に対する主張は、自衛のための戦力保持、また集団的自衛権は自国を守るために当然必要であるということで、私の意見と同じである。

アベノミクスに対しても、彼は、生産や需要を喚起するために、日銀は大量の量的緩和を行い市場に資金が回る政策をとって、国債は積み上がるばかりだが、需要がないから企業は投資を控え、国民は預金を増やすばかり、それがともすれば投機的な金融商品に使われたりして、経済成長に結びつかないと言う。特に、その三本の矢のうち、「成長戦略」が不十分で、というか、成長へというのはもはや適切でなく、日本は十分成長していて少子高齢化によってこれ以上の国内の経済成長は望めない。
一方、野党はアベノミクスを批判ばかりしているがこれに変わる代替案が一切出ていないと、実に適切な主張をしている。私はかつて、自著『気力のつづく限り』や『穏やかな意思で伸びやかに』で、経済学の専門家さえ、これに変わる政策が思いつかず、せいぜい格差の是正、富の再分配を考えるために、富者にたいする相続税の累進率の増加くらいしか考えられないと言っているのを書いたことがある（注五）。
もっとも、私が佐伯氏の名を知って、後に読んだ記事、『中央公論』（二〇一九年六月号）内で

「特集、労働改革の衝撃」の中で、彼が書いた『反』ないし『半』グローバリズムという選択肢」についてては、読んでみてどうかなという思いがした。これは同年四月に施行された「改正出入国管理法」に関するものである。この法律は、外国人労働者を五年間でさらに三四万人余りも受け入れるという計画である。これが日本社会にいかなる影響をもたらすかについて論じていて、彼の意見を書いたものなのだが、問題点は指摘するのだが、解決に関する主張がどうもあいまいではっきりしない（注六）。すなわち、いつも私が感じていることなのだが、政治を論じている専門家は過去に関することは明快に整理できるのだが、現在進行中のものについて、さてどうすべきかとなると、何とも本人も甚だ曖昧模糊のままである、と再確認した次第であった。グローバリズムの中で、少子高齢化、労働者不足を背景に更に経済成長を求めるという基本政策は正しいのか、それを検討すべきなのに、実際には、言葉の遊びでその判断を避けるという通弊に陥っていて、学者の評論によくあるパターンになっていると感じた。

私は彼の文章を読んでいる内に、特に彼が取り上げている「拡散するナショナリズム　われわれの『価値』は何か」に触発され、近来著しく諸国間で持ち上がっているナショナリズムについて、改めて考えてみたくなった。

東西の長い間の冷戦が終わって、もう三〇年近く経っているが、最近は第二の冷戦というべき、アメリカ―中国、アメリカ―ロシアの問題が世界では際立ってきた。アメリカは今や世界の警察官的国家であるが、その重荷に喘ぎ始めている。トップが国内向けには「アメリカ　ファースト」と言ったり、環境保護の議定書を認めず、ＴＰＰから撤退したりで、当然のことながら自国の利益が第一の政策を進めている。それ以上に、中国は習近平の独裁、ロシアはプーチンの独裁で、ナショナリズムというのは世界の抜きがたい習性として顕在化している。イギリスはついにＥＵを離脱した。アフガニスタン、イラン、シリア、これらのイスラム世界も混乱の極みであるが、そこには彼らの対イスラエルへの敵対意識が露骨である。世界の政治は、当然のことながら各国とも自国の安全と共に自国の利益追求が第一の目標となっている。

そもそもナショナリズムというのは、何に由来するのだろうか。オリンピックでは、国家単位で、勝利に向けて各国が競う。これは素朴な愛国心であろう。それは各国の長い国家としての歴史から発生している。政治学では、民族の勃興を繰り返すうちに、やがて一八、一九世紀のヨーロッパで近代的国家という単位が生れたとされているようだ。国といってもネーションとステートは異なるとか、まあ、この手の議論は果てしがない。

そもそもこれらに対する原初的な人間の意識が如何に醸成されていくのだろうか、と素朴に考えてみる。まず、人は生まれた時から家族に囲まれている。そして、それは社会の一構成員であることを知り、またその社会は国という単位の中の集団に含まれているということ、国はもともとはそれぞれの異なる民族がまとまってできてきたもの、これは主として学校教育によって学ばされてきた。また日本人は黄色人種であるとか、世界には異なる人種が沢山あることを教えられる。アメリカのように異なる民族が一国家を構成している国もある。

そして、やがて大人になる過程で、まず自分が自国という国で、しかるべき立場で生きて行くためにはどうしたらよいか、と考えるようになる。これは意識が次第に拡がって行く自然な形であろう。一方、国の方では、国民をまとめる為、いろいろな仕掛けが既に昔から作られている。それは、国旗と国歌であり、国民が国旗を掲げ、国歌を歌うことによって、愛国心を喚起するようにし向けていく、人々はそれによって自分の帰属意識がいやがおうにも、自国への愛着心に固まって行く。人間はともかく自分より多少なりとも大きい集団への帰属意識というのは、どの人間にとっても安心感に結びつくのである。ある特定の宗教信者というのもその典型であろう。

一方、日本というのは、世界において如何なる独自性があるのだろうか。なにか日本の誇るべき性格はあるのだろうかと、考えたりする。日本のおかれた自然環境、歴史はもとより、日本の長年に培ってきた文化にたいする知識が増えるに従って、その特徴が把握されていく。それらは、諸外国との比較によって、さらに際立っていくものだろう。

そして、これらの事象に、自分はほとんど関係ないのだが（少なくとも自らが寄与したことは全く無いものばかりだが）、日本人が自国を誇りに思う事柄が無数に出て来る。富士山を始めとする美しい自然、緑に囲まれた国土、四季の多様なる変化、八百万の神をめでる深淵で柔軟な感性、能や歌舞伎、茶道などの伝統文化、刀鍛冶、切り子細工を始め驚嘆すべき職人芸、云々。その他あげれば切りがないであろう。

精神的なものでも、日本特有のものはいくつかあり、聖徳太子の「和をもって貴し」の精神（もっとも、逆に「和」を尊重するあまり、周囲の評価ばかり気にして自己を抑えたり付和雷同する弱さを内包しているが）、古来からの武士道精神、江戸時代に寺子屋などで儒学、陽明学などで培われた人間の修養の実践、そして新撰組などの「誠」尽くせばの心、ついには吉田松陰を始めとする「大和魂」に至る。

日本人のこれらの要素がいつのまにやら愛国心として結集して行くのではないかと思う。考えて見れば、これは国家教とでもいうべき一種の宗教と言ってもよいくらいである。特に「大和魂」などという言葉は、ありもしないことを宣揚する狂信的な言葉と、批判する人もいるが、私も同感である。世の中、常にこういう言辞に踊らされる人間がいるものだ。ただ、日本の場合、このような独りよがりの精神は先の太平洋戦争で木っ端みじんに打ち砕かれた。それは言うまでもなく「神国日本」への信仰である。それだけに、日本はそれ以来、より理性的国家になっていて、国民も自由主義的体制の中で、より多様に物事を見るようになっているとは言えるだろう。そして最近の大震災において示された多くの人々の「絆」の精神。その行動は世界を感嘆させた。

こういう愛国心、ナショナリズムの発露というのは、どの国でも同じようなものであろう。

言論の自由があり、人々がいろいろな形で政治的意見を述べ、公正な選挙が行われている国では、このようなナショナリズムが健全な形で備わっていると言うべきであろうか。例えば、歴史的に幾多の戦乱があったヨーロッパの現在二八ヶ国のＥＵに所属する間で（イギリスが離れて二七ヶ国）これから国同士で戦争が起こるとはほぼ考えられない。

たぶん、戦乱が起こるのは、それ以外の体制の国であろう。世界では、未だに国家の体制が宗教的である国々が幾つもある。その多くがイスラム国家であり、イスラエルもある意味でそういう国と言えるであろう。こういう国々とどう付き合っていくか、日本は幸いこういう国とは地理的に遠く、利害も浅いのでそこに巻き込まれることがないのは実に幸いである。

もう一つの、非民主的国家が、独裁制に傾いている国家であり、それがロシアと中国および北朝鮮である。ロシアは長い冷戦で、軍備競争に負けて、ソ連の崩壊後はゴルバチョフのような雪解けの政治家が出て、一応複数政党制にもなっているのだが、最近はプーチンの独裁がますます強くなり、選挙も非公正な話が種々噂され、彼は法律改正で何度でも多選を繰り返せるようになった。たぶん彼は死ぬまで現在の最高権力を離さないだろう。もう一つの同じような体制になってしまったのが中国で、五五の異なる民族から構成され、それを現在は漢民族が強引に支配し、共産党の一党独裁、かつ習近平が同様に、法律を変え、死ぬまで権力者であり続けられる制度を作ってしまった。この両国は、共に民主政治の経験がない。日本から見れば、国内で幾多の紛争地域をかかえ、人権が全く無視され国権重視、領土的にも膨張主義の中国と如何に付き合うか、この覇権主義とも見える国が、今後長い間の問題になるのは明確であろう。私はかつてその内実について五〇ページ以上に亘りかなり詳しく論じたことがある（注七）。

この両国が近年全く一人の政治家以外の発言がなくなって、他には誰も議論する政治家がいなくなってしまった。たぶん、独裁者に対する恐怖が政界を覆っているものと思われる。こういう国は、今は一見安定していても、その独裁者がいなくなると必ず混乱が起こりどうなる国になるか全くわからない。日本は北朝鮮の金王朝とともにこの三国と近接相対しているのだから、いつまでも緊張が続くだろう。

その意味で、ナショナリズムというのは、各民族、各国家にとっての必然である。それとまた別に、人間は、国内外を問わず、他人に対する差別化を行いたがる習性がある。人種間の差別は、長い歴史で抜きがたい問題を起こしてきた。白人の黒人に対する差別は、現在もアメリカなどで収まる所を知らず多くの殺人事件が起こっているが、日本人を含むアジア人にたいしてもかつては黄禍論の世論が形成された事もあった。第二次世界大戦時は言うまでもなくファシズムによるユダヤ人の排斥、ホロコーストのおぞましい歴史があった。

同じ民族の間でも、意見の異なる相手に対しては、人は一方的に相手を敵として差別しようとしたりする。日本でも、最近はあまり問題とされなくなったように見えるが被差別部落や同和問題とか、朝鮮人に対する蔑視の風潮が過去にあったし、特に太平洋戦争中は、忠君愛国、国威発揚で戦争に少しでも非協力的な態度を示したりすると、それは政治家の国家の決断に対する亡国的な態度とされ、直ちに「非国民」として弾劾することが一般国民の間でも日常行われたということを聞く。これらはナショナリズムの一形態で、ファナティックな状況に陥った時には、人間はどこまでも排他的に成り得るということを示している。弾劾する方は、自分はお国のためにという強い信念がそうしているのだから、自分の行動に何の疑いも持たない。ある種の人間は組織の中で威張りたがり、パワハラ事件は後を絶たない。人間は本能的に常に比較優位の立場をとりたがる。それが自分の存在感を支えるからである。一時的であっても自らの欠点や弱さをも覆い隠してくれるからである。

私が尊敬する近藤道生氏（故人）は「日本人の長年培った異質な文化に対する寛容な姿勢、柔構造の精神こそが、今後の平和な世界への起動力に成り得る」という考えを述べられたし(注八)、私もそれに期待したいが、現実に、国際関係を見ると、既に記述した如く我が国を含め諸国民の間の軋轢は、数限りなく生れて行く。

そんな様子を見ると、私は人間の争いというのはいつまでたっても永久に続くと考えた方が正しいと思う。片方の利益はもう一方の損失となり、人間は欲望の体系だから、ウィンウィンが望ましいと言ったたっていつもそうはいかないだろう。その時々で、競争が平穏になったり激烈になったりするので、後者が激しくなってそれが国家間の争いとなれば、戦争になる。だから、戦争というものも、この地球上で決してなくならない。それが現実だと思う。

ただ、その戦争の形態というものは時代とともにどんどん変わって行く。かつての世界大戦のようなことは核兵器による恐怖の均衡で、地球全体の絶滅を避ける為に起こりそうもない。しかし、局地的な戦争は現在でもいたるところで起こっている。現在の主戦場は先述のように中東諸国であるが、これは宗教国家間での争闘で、その根が深いから容易に収まらないであろうし、日本は、対中国、対ロシア、対北朝鮮問題で緊張の融けることは当分望むべくもないであろう。

私は、かつての三年間の滞在期間だけでなく、非常に多くのアメリカ人と友達になったし、日中科学技術交流協会の関係で、幾人もの気持ちの良い中国人研究者とも親しい。もちろん、幾多のヨーロッパの人々にも多くの知人がいて、今はこちらから出かけることもなくなったが、彼等が日本を訪れる時には、東京案内など楽しい時間を共有している。その人たちの中には、今はもう亡くなってしまったルーマニア人物理学者の可愛い娘さんもいる。またロシアは日本でかつては「歌声運動」で多くのロシアの歌を日本の若い青年男女が歌った時期もあり、ロシアを旅行し、モスクワやサンクトペテルブルクを若いロシア人の青年の案内で楽しく旅行したり、セルギエフ・ポサードの寺院では、ロシア婦人が真剣な面持ちでギリシャ正教の僧侶に相談をしているのを、感慨を以て眺めたこともある（注九）。どこの国にも善良で真面目な温かい人たちはいるものだ。それが一旦、国を支配する政治の世界になると、途端に相互にいがみあう世界となってしまうのは何とも悲しいことである。

政治家でない我々民間人がせめて平和のためにできることは、国際間の文化交流を息長く続けることという他にはないのだろうと思う。

注一　自著『折々の断章』内、「教駒中学の時代」

注二　自著『気力のつづく限り』内、「教駒の恩師、浅原欣次先生」

注三　『私の古典と人生』（ＰＨＰ研究所、一九八六年）内。両角氏は、城山三郎の小説『官僚たちの夏』で、主人公の佐橋滋次官の直ぐ下に居た人物のモデルになっている。定年後、得意のフランス語を活かして、数々のナポレオンに関する著作を著した。私も数冊読んだが、なかでも『反ナポレオン考』が代表作であろうか。

注四　自著『思いつくままに』内、「加藤周一『日本文学史序説』について」

注五　自著『気力のつづく限り』内、「日本経済の行方」、および『穏やかな意思で伸びやかに』内、「脱経済成長の行方」

注六　佐伯氏は論じていないが、移民という時、国籍の移動を伴う真の移民と、「外国人労働者としての受け入れ」とは、全く意味が異なる。日本の今回の新しい法律は後者の意味である。すなわち在留資格に期限があり、特定技能を伴う場合は期間延長が認められ、その認定職種の範囲を拡大した、ということである。また、難民の移民の場合はその認定は複雑である。

ＯＥＣＤの「国際移住データベース」二〇一七の統計によると、世界の移民受け入れの数で、一位はドイツで一三八・四万人、二位はアメリカで一一二・七万人、三位イギリスで約五二万人で、四位がなんと日本で四七・五万人だということである。この意味で日本は、今や移民大国（広い意味の）になっているということになる。

注七　自著『くつろぎながら、少し前へ！』内、「中国といかに向き合うべきか」

注八　自著『いつまでも青春』内、「敗戦と、国のあり方」

注九　自著『穏やかな意思で伸びやかに』内、「白い服と黒い服」

あとがき

職場を定年になって数年経って、二〇〇五年に、最初の自著を出版し、それから以後、もっぱら、科学を始めとして、政治、経済、社会、文学、音楽、美術を始めとする芸術、生死を含めて諸事万端の主題に対する、エッセイの著述に精力を注いできた。一五年あまりに、丸善プラネット社から一四冊、その前の私家版を含めると一五冊の本を書き、二〇一九年九月の出版を最後として、執筆はやめ、次の新たなる人生を考えようと決心した。これはもうそれまでに一年間以上、考え続けたことだった。

ところが、小学校の同期会で約六五年ぶりで会ったある女性に対する素朴な疑問がきっかけになって、その女性と会い、いろいろ話した結果、その女性の人生に実に深く感銘を受けた。そしてこれは小説にしてもよいのではないかという気になり、思いきってそれを書いてみたのである。小説を書くのは初めてだった。

自分が書いた小説は、日常から僅かに外れた程度のもので、たいした努力をしたわけでもないので自由な気持ちでともかく出版できれば十分と思った。ただ、小説を書いて見て、自分の書く内容をふくらましたり、会話を書いたり、事実の上にいろいろことを書き加えたりする面白さを、少しばかり味わったのが、新鮮だった。

また、なりゆきに任せたに過ぎないが、小説を書くなどということは自分にとって無縁だと思っていたのが、できは別にして、ともかく書く経験をできたということは、人の可能性というのはわからないものだなあという感慨を得た。もっとも、作家の年譜などを見た時、次から次へと、さまざまな題材で、一年に十数作も創作をするような才能は自分には全くないと思う。

題材だけは、今迄にあまりなかったのではないか。まあ、喜寿をすぎて、小説を初めて書いた、ということはあまり聞いたことがないので、それが一種の勲章かなとも思った。

二作目は、一作目の小説に力を得て、こういうことなら、書けると思い、小説風を取り入れて短い経験を書いて見たものである。最近のある日の友たちとの交流がもとで、ややそれを拡げて書いたもので、これはおよそ小説とは言い難いものだが、ともかく今までとは違う書き方をした。

これは、書きあげて見て、随筆をこんな書きぶりで書くことも可能だということがわかって、自分としては新たな作法を知ったことになったなあ、という面白さを感じた。

今思い出して見ると、この「語らい」では、中では野上という仮名を使ったのだが、この本人、野口正毅君がこの時私に言った「一つ今度は小説を」といった言葉は、私にとって彼の最後の印象的な言葉となった。なぜなら彼はこの後、二ヶ月で亡くなったからである。彼は、二〇一一年～一八年まで一二回に亘って続いた高校同期の「駒八温泉会」の幹事の一人であり、あきる野市・菅生の広大な敷地（東海大菅生高校の敷地は野口君の土地と聞いている）の持ち主である庄屋の家柄に生まれ、地元の有力者として菅生歌舞伎を支えてきた。私は彼に招待され、自宅、または近郊で催される年一回の田舎歌舞伎を何度も見させていただき、その後彼の生家で開いた宴会はとても楽しかった。また、彼は自宅の広い敷地で採れた筍やブルーベリーなど農作物を送ってくれたりもした。彼は優しいまなざしの実に温厚な人格者であり、私の本はほとんど読んでくれたと思う。彼は長年、同期会の幹事であって、その支柱でもあった。今、私は豊かな思い出を作ってくれた彼の友情に深く感謝して、その御冥福を祈りたい。

２０１１年「駒八温泉会」、伊豆高原温泉にて、後列左より２人目が野口正毅氏

２０１４年　菅生歌舞伎の開催の挨拶をする野口正毅氏

２０１８年　野口正毅氏の自宅前で開催された菅生歌舞伎の一場面

三つ目は今までと変わりないスタイルの感じることを書いた随筆集である。最近、特に次から次へと、友達が亡くなるのはつらく悲しい。昨年一月に大学および研究所の後輩、中村裕二氏、二月に野口正毅氏、三月には小学校の親しい友達、早大卒の和田一彦君が亡くなった。八月には、

自著『心を燃やす時と眺める時』内で、「身近の素晴らしい女性研究者」として書いた名越智恵子さんが八〇歳台半ばで亡くなられた。一二月には、元岡山理大教授で、講義を数年依頼されたたし、東京に来るたびに「会いたい」と呼びだされた中川幸子さんがなんと七一歳で亡くなられた。

こういう時に思いだす和歌は、『伊勢物語』の在原業平の歌「終にゆく道とは、かねてききしかど　きのふけふとは　おもはざりしを」である。これは彼が病で弱ったときの歌のようだが、この頃は原稿を書いていても、自分もこれが、遺稿となるのではないかと考えながら書いている。それにしても、あれほど長い間かけて断筆の決心をしたのに、また本を出版することになってしまった。今回の経験を通じて、自分の今後なんて、いったいどうなるか、わかったものではないという気がしてきた。

今回も、丸善プラネットに於いては、戸辺幸美氏が種々の助言とともに、ご協力を戴いたことに深く感謝いたします。

二〇二一年七月　　　　曽　我　文　宣

訂正　　以前の著作『「明日はより好日」に向かって』内、「平岩外四氏」において、一七二ページ、スマトラ島における「バターン死の行進」と書きましたが、バターン半島はフィリピンのルソン島にありますので、訂正いたします。

著者略歴

曽我　文宣（そが　ふみのり）

1942年生まれ。1964年東京大学工学部原子力工学科卒、大学院を経て東京大学原子核研究所入所、専門は原子核物理学の実験的研究および加速器物理工学研究。理学博士。アメリカ・インディアナ大学に３年、フランス・サクレー研究所に２年間、それぞれ客員研究員として滞在。

1990年科学技術庁放射線医学総合研究所に移る。主として重粒子がん治療装置の建設、運用に携わる。同研究所での分野は医学物理学および放射線生物物理学。1995年同所企画室長、1998年医用重粒子物理工学部長、この間、数年間にわたり千葉大学大学院客員教授、東京大学大学院併任教授。2002年定年退職。

以後、医用原子力技術研究振興財団主席研究員および調査参与、(株)粒子線医療支援機構役員、NPO 法人国際総合研究機構副理事長などとして働く。現在は、日中科学技術交流協会理事。

【著　書】

『自然科学の鑑賞—好奇心に駆られた研究者の知的探索』2005年
『志気—人生・社会に向かう思索の読書を辿る』2008年
『折々の断章—物理学研究者の、人生を綴るエッセイ』2010年
『思いつくままに—物理学研究者の、見聞と思索のエッセイ』2011年
『悠憂の日々—物理学研究者の、社会と生活に対するエッセイ』2013年
『いつまでも青春—物理学研究者の、探索と熟考のエッセイ』2014年
『気力のつづく限り—物理学研究者の、読書と沈思黙考のエッセイ』2015年
『坂道を登るが如く—物理学研究者の、人々の偉さにうたれる日々を綴るエッセイ』2015年
『心を燃やす時と眺める時—物理学研究者の、執念と恬淡の日々を記したエッセイ』2016年
『楽日は来るのだろうか—物理学研究者の、未来への展望と今この時、その重要性の如何に想いを致すエッセイ』2017年
『くつろぎながら、少し前へ！—物理学研究者の、精励と安楽の日々のエッセイ』2018年
『穏やかな意思で伸びやかに—物理学研究者の、跋渉とつぶやきの日々を記したエッセイ』2019年
『思いぶらぶらの探索—物理学研究者の、動き回る心と明日知れぬ想いのエッセイ』2019年
『「明日がより好日」に向かって—物理学研究者の、日々を新鮮に迎えようとするエッセイ』2019年
(以上、すべて丸善プラネット)

小説「ああっ、あの女（ひと）は」他

予期せぬできごと、およびエッセイ

二〇二一年一〇月二〇日　初版発行

著作者　曽我　文宣

発行所　丸善プラネット株式会社
〒一〇一-〇〇五一
東京都千代田区神田神保町二-一七
電話（〇三）三五一二-八五一六
http://planet.maruzen.co.jp/

発売所　丸善出版株式会社
〒一〇一-〇〇五一
東京都千代田区神田神保町二-一七
電話（〇三）三五一二-三二五六
https://www.maruzen-publishing.co.jp/

印刷・製本／富士美術印刷株式会社

ISBN 978-4-86345-498-9 C0093

思いぶらぶらの探索

物理学研究者の、動き回る心と明日知れぬ思いのエッセイ

A5判・並製・230頁
定価：本体1,800円＋税

楽日は来るのだろうか

物理学研究者の、未来への展望と今この時、その重要性の如何に想いを致すエッセイ

A5判・並製・250頁
定価：本体1,800円＋税

気力のつづく限り

物理学研究者の、読書と沈思黙考のエッセイ

A5判・並製・236頁
定価：本体1,800円＋税

「明日がより好日」に向かって

物理学研究者の、日々を新鮮に迎えようとするエッセイ

A5判・並製・236頁
定価：本体1,800円＋税

くつろぎながら、少し前へ！

物理学研究者の、精励と安楽の日々のエッセイ

A5判・並製・228頁
定価：本体1,800円＋税

坂道を登るが如く

物理学研究者の、人々の偉さにうたれる日々を綴るエッセイ

A5判・並製・240頁
定価：本体1,800円＋税

穏やかな意思で伸びやかに

物理学研究者の、跋渉とつぶやきの日々を記したエッセイ

A5判・並製・234頁
定価：本体1,800円＋税

心を燃やす時と眺める時

物理学研究者の、執念と恬淡の日々を記したエッセイ

A5判・並製・248頁
定価：本体1,800円＋税